香港初中生

必讀古詩文

上冊

詩、詞、曲（先秦至清）

必 讀 古 詩 文 系 列

責任編輯	何子盛　張艷玲
書籍設計	吳丹娜

書　　名	香港初中生必讀古詩文（上冊）
編　　者	鍾華　何雁妍
出　　版	三聯書店（香港）有限公司
	香港北角英皇道 499 號北角工業大廈 20 樓
	Joint Publishing (H.K.) Co., Ltd.
	20/F., North Point Industrial Building,
	499 King's Road, North Point, Hong Kong
香港發行	香港聯合書刊物流有限公司
	香港新界大埔汀麗路 36 號 3 字樓
印　　刷	美雅印刷製本有限公司
	香港九龍觀塘榮業街 6 號 4 樓 A 座
版　　次	2015 年 7 月香港第一版第一次印刷
	2020 年 1 月香港第一版第二次印刷
規　　格	特 16 開（145 × 210mm）248 面
國際書號	ISBN 978-962-04-3639-0

© 2015 Joint Publishing (H.K.) Co., Ltd.

Published & Printed in Hong Kong

目　錄

導讀

　　本書分上、下兩冊，其中六十篇為中華人民共和國教育部頒佈的《義務教育語文課程標準》（2011年版）所列篇目，七篇為本書根據學生需求特別推薦，共選入六十七篇（首）古詩文。

　　本書分為詩、詞、曲及文、賦兩冊，包括古詩詞曲四十四首，散文、表、書、銘、説、遊記、序等文體二十三篇。每篇選文包括「引言」、「原文」、「作者/典籍簡介」、「注釋」、「解讀」、「文化知識」和「練習」七個欄目。通過「作者/典籍簡介」，讀者可以大致了解作者生平、遭遇或創作風格，典籍的來歷、體制及寫作特色，以便扼要地掌握選文的創作背景。「注釋」主要是對選文中關鍵字、詞、句的含義梳理和典故解析，幫助讀者疏通文意。「解讀」部分主要是結合作品背景，對文章的結構、內容和主旨進行分析，幫助讀者進一步把握詩文的內容架構，深入作者的思想感情。「文化知識」則是建基於詩文內容的補充材料，拓展讀者的閱讀視野。最後的「練習」則根據詩文的背景、內容、架構、主旨等層面而出題，讓讀者温故知新，從練習中體會更多、收穫更豐富。

　　中國古典文學博大精深，不論是情感豐富、形式優美的詩詞歌賦，還是精緻雋永、有理有趣的各類散文，都能夠給我們感動和啟發。本書選錄的四十四篇詩詞曲，起自先秦，迄於清末。在數千年的文學歷史長河中，我們能夠感受到初民的愛情故事 ——「關關雎鳩，在河之洲」的清麗動人和「求之不得，寤寐思服」的真情實意，能夠感受到《蒹葭》中「所謂伊人，在水一方」的患得患失，和「溯洄從之，道阻且長」的艱難追尋。我們在漢樂府樸素、真摯的語言中，彷彿親歷「戰城南，死郭北」的殘酷戰爭場面，體會「十五從軍征，八十始得歸」的悲涼結局。自秦漢而入魏晉，以三曹和七子

為代表的建安「風骨」，以及陶淵明、謝靈運等人所開創的清新優美、飄逸空靈的山水田園詩，都給我們展現了這三百年南北分裂時期中，擺脫了政治枷鎖的文學審美觀。

詩歌發展到李唐，是最輝煌的時代。唐前詩歌，形式上已經有了四言、五言、六言、七言、雜言等，但到了唐代，才真正形成了比較完備的體制和成熟的審美旨趣，出現了我國詩歌史上「前不見古人，後不見來者」的高峯。陳子昂的蒼涼，王勃的華美，王維的清逸，李白的豪情，杜甫的沉鬱……共同展現出詩歌在初唐及盛唐的開闊氣象和蓬勃生機。之後的白居易、李商隱、杜牧等人，對前人有所繼承，又有自己的獨到之處，也開創出不同於前人的風格。至於宋代詩歌，善思辨，重理趣，一些作家「以文為詩」，使宋詩在結構和創作手法上體現出不同於唐詩的特色，即便以散文和小說為主的明、清兩代，也有不少優秀的詩作問世。

一代有一代之文學，繼唐詩之後，詞在宋代煥發出奪目的藝術光彩。我國和樂演唱的文學形式古已有之，早於先秦時代，《詩經》已經具備比較完善的體制和系統的分類（如風、雅、頌），樂府和民歌也與音樂有着緊密的聯繫，唐詩也屢見和樂演唱的記載。至於詞，形成於唐代，五代十國開始興盛，到了兩宋，則發展到頂峯，體式更完備、更豐富，風格也更多樣化。李煜、晏殊、范仲淹、柳永、蘇軾、李清照、辛棄疾等不同時期的詞人，都有自己的獨特風格，或豪邁曠達，或婉約細膩。值得注意的是，同一位詞人，在不同時期，甚至同一時期，都可能有風格迥異的作品，這取決於作者本人的才力、學識、性情、閱歷、環境等，對詞人和作品作過於簡單的派別劃分是不夠客觀的。

除詩詞外，本書還選編了若干散文。我國有悠久的散文創作傳統，選入本書的除了在文學上有重要成就的外，還兼顧思想、哲學及史學領域。如通過《論語》和諸子散文，讀者既能了解先秦思想界的大略，也學習了諸子風格鮮明的寫作藝術。《左傳》、《戰國策》等史籍中的散文，更注重事件的敍述、人物的刻劃，讀者不但

能從中了解一些重要的歷史事件，也能了解到古人的論辯藝術和邏輯思維方式。秦漢以後，我國的散文創作在語言運用上日趨成熟和穩定，許多經典作品以其思想內涵和與讀者的感情共鳴取勝，例如諸葛亮《出師表》所體現的忠誠信念，陶淵明《桃花源記》所勾勒的理想世界，《醉翁亭記》所表達的閒適志趣等。此外，許多短小精緻的小品文，也是我國古代散文創作較成熟的體現，如《與謝中書書》、《記承天寺夜遊》、《湖心亭看雪》等，都別有韻緻。

以上對本書選文作了簡單的介紹，希望讀者在閱讀中能有更深入的體會，對這些傳頌千古的詩詞和散文作品，有着自己的感受、體味和理解。衷心希望本書能夠成為讀者發掘古代文學道路的一盞小燈，幫助讀者發現更廣大更美好的文學殿堂。

限於編者水準，本書難免有錯訛、疏漏之處，希望得到讀者朋友的指正。

編者

關雎

《詩經》

【引言】

常言道：「窈窕淑女，君子好逑。」當我們結交朋友或結識異性時，往往只把重點放在美好的外表，而忽視了對方勤勞而善良的美德。不妨回到古代，讀讀先民的情詩，欣賞他們那份對純樸而真摯愛情的堅持和追求，感受那份矢志不渝的愛。

關雎[①]

《詩經》

關關雎鳩[②]，在河之洲[③]。

窈窕淑女，君子好逑[④]。

參差荇菜[⑤]，左右流之[⑥]。

窈窕淑女，寤寐求之⑦。

求之不得，寤寐思服⑧。

悠哉悠哉⑨，輾轉反側⑩。

參差荇菜，左右采之⑪。

窈窕淑女，琴瑟友之⑫。

參差荇菜，左右芼之⑬。

窈窕淑女，鐘鼓樂之⑭。

【典籍簡介】

《詩經》是我國第一部詩歌總集，收錄了西周初年至春秋時代中葉五百多年間的詩歌共三百零五首，因此又稱為「詩三百」。先秦時期《詩經》被稱作《詩》，漢代被尊為儒家經典，才開始被稱作《詩經》，成為「五經」之一。

將《詩經》中的三百篇詩歌以音樂性質分類，可以分為風、雅、頌三個部分。「風」又分為「周南」、「秦風」等十五國風，共計一百六十篇；「雅」又分為「大雅」和「小雅」，其中「大雅」三十一篇，「小雅」七十四篇；「頌」詩四十篇，分為「周頌」、「魯頌」和「商頌」。「風」、「雅」、「頌」的定義，詳見後文「文化知識」。

不論是音樂體制、主題內容，還是表現手法，《詩經》都對日後的文學創作產生深遠的影響，為後世確立了「風雅」的藝術傳統和寫實的創作風格。

【注釋】

① 《關雎》：出自《詩經·周南》，是《詩經》的開篇作品。古代的詩歌或文章，一般只取首句的頭兩三字，作為題目，且多與詩文內容沒有直接關係。例如《論語》首篇《學而》，其標題是取自首句「學而時習之」的頭兩字，但與整篇的內容沒有直接關係。至於本篇，首句為「關關雎鳩」，首兩字為「關關」，但古人甚少以疊詞作為標題，因此取第二、三字的「關雎」。周南：《詩經》十五「國風」之一，指西周都城鎬（粵 hou⁶〔浩〕普 hào）京（今陝西省西安市）以南一帶、由周王室直接管治的地區的詩歌作品，多帶有「南風」之音。

② 關關：雌雄兩鳥的和鳴聲。雎鳩（粵 zeoi¹ gau¹〔追；哥收切〕普 jū jiū）：一種水鳥。

③ 洲：水中的陸地。

④ 窈窕（粵 jiu² tiu⁵〔妖；妥秒切〕普 yǎo tiǎo）：文靜美好。淑女：賢德的女子。好逑：好的配偶。逑（粵 kau⁴〔求〕普 qiú）：配偶。

⑤ 參差（粵 caam¹ ci¹〔攙痴〕普 cēn cī）：高低不齊。荇（粵 hang⁶〔幸〕普 xìng）菜：一種水中植物，根和莖都可以食用。

⑥ 左右流之：從左到右地採摘它。之：指荇菜。這裏以勤勉採摘荇菜為喻，指君子正努力追求淑女。

⑦ 寤寐（粵 ng⁶ mei⁶〔誤未〕普 wù mèi）：這裏形容晝夜不斷。寤：睡醒。寐：睡着。

⑧ 之：指淑女。思服：思念，想念。服：這裏指思念。

⑨ 悠哉：長久，這裏指思念綿綿不斷。哉（粵 zoi¹〔災〕普 zāi）：語氣助詞，無實義。

⑩ 輾（粵 zin²〔展〕普 zhǎn）轉反側：翻來覆去，睡不着覺。

⑪ 采：通「採」，採摘。

⑫ 琴瑟（粵 sat¹〔室〕普 sè）友之：彈琴鼓瑟來向她表達愛意。友：表示友好，這裏指表達對淑女的愛意。

⑬ 芼（粵 mou⁶〔務〕普 mào）：拔取、採摘。

⑭ 鐘鼓樂之：敲鐘擊鼓來使她快樂。樂：使他人快樂。鐘鼓：古代樂
　器。

【解讀】

　　《關雎》是《詩經》的第一篇，是一首千古傳唱的愛情詩。這首
詩可以分為兩個部分。第一部分從「關關雎鳩」到「輾轉反側」，寫
詩中的主人翁看到河邊一雙雌雄雎鳥，在幸福地和鳴吟唱。這讓他
發出「窈窕淑女，君子好逑」的感歎，表達自己也想和心儀的女子
一起享受這美好時光的願望。這裏運用了「起興」手法，通過含意
隱微的事物來寄託情意，深化所抒發的情感。可是主人翁卻「求之
不得」，每天朝思暮想，每晚難以入睡，由此表現出主人翁綿綿思念
的苦悶。

　　第二部分從「參差荇菜，左右采之」到「鐘鼓樂之」，寫主人
翁思念淑女難以入睡，於是開始想像自己和淑女在一起的美好場
景。為了博得淑女的笑顏，主人翁鼓瑟彈琴，敲鐘擊鼓，希望以和
諧、溫馨、動人的音樂，取悅意中人。這部分通過描寫主人翁的想
像，塑造了一位憨（粵 ham¹〔堪〕普 hān）厚可愛的痴心漢子形象，同
時以「重章」手法（「參差荇菜，左右……之」），運用近似的句式，
反覆唱詠主人翁對意中人思念之深之切，情感真摯，令人感動。

【文化知識】

風、雅、頌

　　風、雅、頌是《詩經》三百篇詩作的分類方法，以音樂、內容、
地域等作為分類標準。

　　風，又稱為「國風」，即從各諸侯國收集回來的民間詩歌，包

括：周南、召南（召國及以南地區）、邶（粵bui³〔貝〕普bèi）風、鄘（粵jung⁴〔容〕普yōng）風、衛風、王風（與「周南」近似，但只帶有王畿色彩和格調）、鄭風、檜（粵kui²〔繪〕普guì）風、齊風、魏風、唐風、秦風、豳（粵ban¹〔賓〕普bīn）風、陳風、曹風，共十五國風，所描寫的多是當地風俗、民生、愛情等內容。

雅，是指周朝直接統治地區的音樂，即「正聲」，意在表明和其他地方音樂的區別，分為「大雅」和「小雅」。「小雅」為宴請賓客之音樂，「大雅」則是國君接受臣下勸戒的音樂，內容幾乎與政治有關。

頌，則是宗廟祭祀的詩歌，演奏時要配以舞蹈，又分為「周頌」、「魯頌」和「商頌」，分別是西周前期、魯國和商朝所流傳下來的祭祖詩歌。

【練習】
（參考答案見第 218 頁）

❶ 分辨下列詞語所運用的修辭技巧，把代表字母填在橫線上。

a）雙聲　b）疊韻

A）窈窕：＿＿＿＿　B）參差：＿＿＿＿　C）輾轉：＿＿＿＿

❷ 下列各句中的「之」字分別代指甚麼事物？

A）左右采之：＿＿＿＿＿　B）寤寐求之：＿＿＿＿＿

❸ 本詩開首先寫雎鳩，後寫淑女，再抒情感，當中運用了甚麼手法？這種寫法有甚麼好處？

❹ 本詩第二部分又運用了甚麼手法？這對內容和情感的表達有着甚麼作用？

蒹葭

《詩經》

【引言】

　　自古以來，愛情都是詩歌永恆的主題，但表達手法和所抒發的
情感卻可以十分不同，千差萬異。這篇《蒹葭》就以蒹葭、白露、
長路⋯⋯營造出主人翁尋求愛情的曲折徬徨，抒發了對對方若即若
離的苦悶心情，可謂別出心裁。

蒹葭[①]

《詩經》

蒹葭蒼蒼，白露為霜[②]。

所謂伊人[③]，在水一方[④]。

溯洄從之[⑤]，道阻且長[⑥]。

溯游從之⑦，宛在水中央⑧。

蒹葭萋萋，白露未晞⑨。

所謂伊人，在水之湄⑩。

溯洄從之，道阻且躋⑪。

溯游從之，宛在水中坻⑫。

蒹葭采采，白露未已⑬。

所謂伊人，在水之涘⑭。

溯洄從之，道阻且右⑮。

溯游從之，宛在水中沚⑯。

【注釋】

① 《蒹葭》：本篇出自《詩經·秦風》。蒹葭（粵 gim¹ gaa¹〔兼加〕普 jiān jiā）：蘆葦。秦風：即秦國民歌。當時的秦國位處今日陝西省一帶。

② 蒼蒼：草木繁盛的樣子，與後文的「萋萋」及「采采」同義。為：這裏指「凝結成」。

③ 所謂：這裏指所記掛的。伊人：那個人，即主人翁心儀的姑娘。伊：那個。

④ 在水一方：在河的另一邊。水：河流。

⑤ 溯洄（粵 sou³ wui⁴〔素回〕普 sù huí）從之：沿着河水，逆流而上去追尋她。溯洄：逆流而上。從：追尋。之：指代「伊人」。

⑥ 道阻：道路艱難。阻：險阻，艱難。

⑦ 溯游：順流而下。

⑧ 宛 （粵 jyun²〔丸〕 普 wǎn）：好像，彷彿。此句指「伊人」彷彿就在河
的中央，主人翁求之不得。

⑨ 晞 （粵 hei¹〔希〕 普 xī）：乾，蒸發。

⑩ 湄 （粵 mei⁴〔眉〕 普 méi）：河邊。

⑪ 躋 （粵 zai¹〔劑〕 普 jī）：升高，這裏形容道路崎嶇，高低不平。

⑫ 坻 （粵 ci⁴〔池〕 普 chí）：水中高地。

⑬ 已：停止，這裏指消失。

⑭ 涘 （粵 zi⁶〔字〕 普 sì）：水邊。

⑮ 右：右邊，拐彎處，這裏形容道路迂迴曲折。

⑯ 沚 （粵 zi²〔子〕 普 zhǐ）：水中沙洲。

【解讀】

　　《蒹葭》全詩分為三個章節，每個章節開首，都運用了「起興」，
從秋水邊的蒹葭寫起：秋日清晨，河邊蒹葭，白露點點，凝露成
霜，陽光漸至，霜變作露水，漸漸蒸發，營造出清冷而又安靜的氛
圍。冷清的秋景，讓主人翁分外思念「伊人」：她似乎在那靜靜流淌
的秋水對岸。詩人時而逆流而上追尋，時而順流而下追尋，可是不
論如何尋找，伊人似乎永遠都在可望而不可即的水中沙洲上，令人
悵惘。

　　與前篇的《睢鳩》一樣，《蒹葭》通篇運用了「重章」手法：以
同樣的句式、佈局，先寫河邊蒹葭和白露，然後寫對岸的伊人，再
寫沿河追尋，最後抒發求之不得的感歎，只是各章節的部分用字略
有不同而已。這種手法同樣反覆訴說了主人翁追求心上人的艱難與
悵惘，容易讓讀者產生共鳴，為之感動。

【文化知識】

賦、比、興

　　前篇所提及的「風、雅、頌」，是《詩經》作品的分類方法；而「賦、比、興」則是其表現手法，六者合稱為《詩經》「六義」。

　　賦，就是將事情的始末和經過娓娓道來。例如《蒹葭》中的每一章節，就是將主人翁所見景物、所思伊人、所尋路線、所發感歎，由始至終地說出，像講故事一樣。

　　比，即是打比喻。譬如《魏風・碩鼠》，就是從草根階層出發，以肥大的老鼠（碩鼠）為喻，諷刺那些不勞而獲的統治者。

　　興（粵hing³〔慶〕普xing），就是比興，通過含義隱微的事物來寄託情意，好像《雎鳩》和《蒹葭》，就是通過雎鳩和蒹葭兩種事物，來寄託主人翁對意中人的思念和追尋。

【練習】
（參考答案見第 218 頁）

❶ 本詩運用了多個疊詞，請把它們找出來，並指出其詞義。

　　A）疊詞：＿＿＿＿＿＿ 、 ＿＿＿＿＿＿ 、 ＿＿＿＿＿

　　B）詞義：＿＿＿＿＿＿

❷ 承上題，在詩中運用疊詞有甚麼好處？

❸《蒹葭》通篇運用了「重章」手法。下列哪一項是詩中每一章節
所記述內容的正確次序？

　　○ A. 河邊景物→對岸伊人→求之不得→沿河追尋

　　○ B. 河邊伊人→對岸景物→沿河追尋→求之不得

　　○ C. 對岸伊人→求之不得→沿河追尋→河邊景物

　　○ D. 河邊景物→對岸伊人→沿河追尋→求之不得

❹《關雎》和《蒹葭》中的「淑女」和「伊人」，有學者說是指「情
人」，也有學者說是「賢人」，你較支持哪一種說法？為甚麼？
試簡單說明之。

十五從軍征

《樂府詩集》

【引言】

　　今天，身處和平而繁榮香港的我們，可能很難想像戰爭所帶來的禍害，但其實現今世界不少地方還有着未休止的戰線，有許多未滿十五歲就被徵召入伍的少年，有未滿十五歲就家破人亡的孩子，他們的生活、遭遇、境況，可説是令人不忍卒睹……但願我們能珍惜這並非必然的平安之餘，也能為更多未能擁有和平的地方和世人，爭取基本的安穩生活。

十五從軍征[①]

《樂府詩集》

十五從軍征，八十始得歸[②]。

道逢鄉里人：「家中有阿誰[③]？」

「遙看是君家④，松柏塚累累⑤。」

兔從狗竇入，雉從梁上飛⑥。

中庭生旅穀⑦，井上生旅葵⑧。

舂穀持作飯，采葵持作羹⑨。

羹飯一時熟⑩，不知貽阿誰⑪。

出門東向看，淚落沾我衣。

【典籍簡介】

　　《樂府詩集》是北宋郭茂倩所編的一部詩歌總集，收錄了從漢魏到唐五代時期的大部分樂府歌辭及民間歌謠，共五千多首。

　　「樂府」本是漢代掌管音樂的官方機構，主要負責收集和製作詩歌和樂曲，為皇室貴族和宗廟祭祀等場合演唱所用。經過樂府收集和製作的詩歌曲辭，被稱為「樂府詩」，後來簡稱為「樂府」，是漢代興起的一種重要詩歌體裁，對後世，尤其是唐代的「新樂府運動」有重要影響。

　　漢樂府詩最明顯的特點是敍事性強，多是通過詩歌講述一個故事，以平實質樸的語言和生動活潑的細節，展現出各種生活場景或歷史事件，以真摯的情感和樸素的描寫感動讀者。

【注釋】

① 《十五從軍征》：見於《樂府詩集·卷二十五·橫吹曲辭五》，又名《紫騮（粵 lau⁴〔留〕普 liú；古代一種馬匹）馬歌》。詩歌本身沒有標

題，後人取其首句「十五從軍征」作為詩歌題目。

② 從：跟隨。始：才。歸：回家。

③ 道逢：在路上遇見。阿（粵 aa³〔亞〕普 ā）誰：誰人。

④ 遙看：遠遠望去。君：你。

⑤ 塚（粵 cung²〔寵〕普 zhǒng）：墳墓。累（粵 leoi⁵〔裏〕普 lěi）累：通「壘壘」，繁多、堆積，這裏形容墳丘一個連着一個，説明主人翁的家人都已亡故。上述兩句是鄉里對主人翁説的話。

⑥ 狗竇（粵 dau³〔鬥〕普 dòu）：牆上的狗洞。竇：孔洞。雉（粵 zi⁶〔字〕普 zhì）：野雞。梁：屋中橫樑。

⑦ 中庭：門前的院子。旅穀：野生的穀物。

⑧ 旅葵：野生的葵菜。

⑨ 舂（粵 zung¹〔終〕普 chōng）：把穀子放在石臼裏搗掉穀殼。持作：用來製作（食物）。采：通「採」。羹：用肉、菜等煮成的濃湯。

⑩ 一時：一會兒。

⑪ 貽（粵 ji⁴〔怡〕普 yí）：送給。

【解讀】

　　這是一首敍事詩，講述一位年僅十五歲就離鄉別井、從軍打仗，直到八十歲才得以歸家的老兵還鄉的故事。所謂「少小離家老大回」，還鄉路上偶遇鄉里，老兵才知道家中親人都已經死去，只剩下松柏和墳塚淒冷地留守。老兵回到家中，看到一片荒蕪的家園，住的全是野兔、野雞，生的全是野穀、野菜，只好一個人默默做飯，到飯菜熟了，卻又不知道要和誰一起進餐。最後，他默默出門，向東望去，不覺間淚水一點點地沾濕自己的衣裳了……

　　縱觀全詩，沒有一句正面描述戰爭的句子，可是我們卻能夠通

過老兵的眼睛看到故去親人的墳塚，看到荒蕪凌亂的庭院，看到不是家園的家園。這首詩用平實樸素的語言和真實生動的細節，從側面展現戰爭的殘酷血腥，以及給平民百姓帶來的傷害，表達出詩人對和平生活和美好家庭的嚮（粵 hoeng³〔向〕普 xiàng）往。

【文化知識】

橫吹曲辭

《十五從軍征》屬於「橫吹曲辭」，那麼「橫吹曲辭」是甚麼？

「橫吹曲辭」是指古代用短角在馬上吹奏的軍樂。郭茂倩說：「橫吹曲，其始亦謂之『鼓吹』，馬上奏之，蓋軍中之樂也。……有鼓角者，為橫吹，用之軍中馬上所奏者是也。」可知《十五從軍征》在漢代是一首軍樂。

除了橫吹曲辭，郭茂倩還把《樂府詩集》裏的樂府詩，按音樂體制分為：郊廟歌辭、燕（通「宴」）射歌辭、鼓吹曲辭、相和歌辭、清商曲辭、舞曲歌辭、琴曲歌辭、雜曲歌辭、近代曲辭、雜歌謠辭和新樂府辭，合共十二類。至於接下來的《戰城南》，則屬於「鼓吹曲辭」。

【練習】
（參考答案見第 218 頁）

❶ 分辨下列兩句所運用的修辭手法，把答案填在橫線上。

A）十五從軍征，八十始得歸。＿＿＿＿＿＿＿＿

B）兔從狗竇入，雉從梁上飛。＿＿＿＿＿＿＿＿

❷ 詩歌首兩句中的「十五」和「八十」是確數或是約數？作者這樣寫的目的是甚麼？

❸ 詩歌藉「『家中有阿誰？』『遙看是君家，松柏塚累累。』」的對話，想帶出甚麼訊息？

❹ 承上題，這屬於正面或側面描寫？這種描寫手法有甚麼好處？

❺ 有人提倡香港應該效法台灣、南韓、以色列等地，實行兵役制度，讓青少年更堅強獨立。你認為這做法有效嗎？為甚麼？試簡單說明之。

戰城南

《樂府詩集》

【引言】

　　戰爭，彷彿是人類的原罪，從古到今都沒有停止過。但當我們認真地閱讀歷史，或在古代詩人的筆墨中，感受戰爭所帶來的傷害。以古鑑今，這會否讓我們更堅決、更努力地阻止這些事繼續發生？

戰城南①

《樂府詩集》

戰城南，死郭北，野死不葬烏可食②。

為我謂烏：「且為客豪③！

野死諒不葬，腐肉安能去子逃④？」

水深激激，蒲葦冥冥⑤。

梟騎戰鬥死⑥，駑馬徘徊鳴⑦。

梁築室，何以南？何以北⑧？

禾黍不獲君何食⑨？願為忠臣安可得⑩？

思子良臣，良臣誠可思⑪：

朝行出攻，暮不夜歸⑫！

【注釋】

① 《戰城南》：見於《樂府詩集·卷十六·鼓吹曲辭一》。和《十五從軍征》一樣，《戰城南》本身沒有標題，後人取首句「戰城南」作為詩歌題目。

② 郭北：外城以北。郭：外城。野死：戰死在荒野。烏：烏鴉。

③ 為：代。我：詩人自稱。謂：對別人說。且：暫且。客：指代死者。豪：同「號（粵hou⁴〔亳〕普háo）」，放聲悲哭。古人有為死者招魂的習俗，招魂時邊哭邊說，叫做「號」。

④ 諒：料想，必然。安能：怎能。去：離開。子：你，指代烏鴉。這幾句的意思是：替詩人對烏鴉說：「烏鴉呀！你們先為死者哭號吧！死在野外的戰士料想也沒人安葬他們，他們腐爛的肉體又怎可能從你們的口中逃走？」

⑤ 激激：水清澈的樣子。蒲葦（粵pou⁴ wai⁵〔葡偉〕普pú wěi）冥（粵ming⁴〔明〕普míng）冥：指戰爭後到處荒涼。蒲葦：一種生於水邊的植物。冥冥：深色幽暗的樣子。

⑥ 梟（粵hiu¹〔囂〕普xiāo）騎（粵gei⁶〔技〕普jì）：即驍（粵hiu¹〔囂〕普xiāo）騎，英勇的騎兵，指戰死的英雄，也就是上文的「客」，下

文的「良臣」。

⑦ 駑（粵 nou⁴〔奴〕普 nú）馬：劣馬。

⑧ 梁築室：在橋樑上興建兵營。梁：通「樑」，橋樑。何以：怎能夠。南、北：這裏作動詞用。這幾句的意思是：戰事頻繁得連橋樑也用來興建兵營了！人們怎能夠向南走？怎能夠向北走？

⑨ 禾黍（粵 syu²〔鼠〕普 shǔ）：泛指糧食。黍：小米。這句的意思是：壯丁也被徵召去打仗，不能生產糧食，君主可以從哪裏得到食物呢？

⑩ 願為忠臣安可得：指人人都捱飢抵餓，即使他們想成為忠臣，奔赴戰場，又怎能做到呢？安可：怎能。得：實現，做到。

⑪ 思子良臣，良臣誠可思：想到你們都是良臣，良臣的確令人懷念。第一個「思」指想起，第二個「思」指懷念。子：你們，即戰死的士兵。誠：的確。

⑫ 朝行出攻，暮不夜歸：早上，你們這些良臣還出城打仗，夜晚卻看不見你們回來。朝：早上。攻：打仗。暮：日落，指晚上。

【解讀】

　　這是漢樂府詩中一首描述戰爭慘烈、痛斥戰爭和勞役，並為死去將士悼亡的經典詩歌。全詩以描述大戰之後屍橫遍野的畫面作開首，給讀者極強的視覺衝擊，讓讀者感受到戰爭的慘烈。接着詩人與烏鴉對話，希望烏鴉在啄食陣亡將士屍體之前先為他們號哭。此外，詩歌還描述了戰場四周荒涼的環境，給人沉痛壓抑之感，表達出陣亡將士們無人關注和善後的淒涼和悲慘，也藉此道出戰爭的殘酷，痛斥戰爭的無情。

　　至於詩歌第二部分，則通過描寫人民被在位者勞役的慘況，在位者寧願要百姓在河橋上建立軍營，阻礙交通要道，也不讓他們

返回耕地務農，君王既得不到糧食，百姓也餓死於勞役之中，即使有保家衛國的願望，也不能實現，就算真的實現了，也只能白天出城，晚上卻不得歸……詩人不但控訴在位者濫用民力，更控訴他們好大喜功，經常發動戰爭，使百姓生活不得安寧，惶惶不可終日。

【文化知識】

鼓吹曲辭

前篇說到《十五從軍征》乃屬於漢代軍樂中的「橫吹曲辭」，而本篇《戰城南》則屬於「鼓吹曲辭」。所謂「鼓吹」，是吹打樂器的組合，是指漢代的短簫鐃（粵 naau⁴〔撓〕普 náo；古代軍中鼓擊樂器）歌，以及魏國至唐代的鼓吹曲辭，同屬軍樂，也是從朔（粵 sok³〔索〕普 shuò；北方）野輸入的胡樂。

那麼其餘的曲辭，所指的又是甚麼呢？例如郊廟歌辭，就是指祭祀用的歌辭；燕射歌辭，就是宴會用的歌辭；相和歌辭，就是出自中原街頭巷尾的歌謠。

【練習】

（參考答案見第 219 頁）

❶ 分辨下列畫有底線單字的詞性，把答案填在橫線上。

A）戰城<u>南</u>，死郭<u>北</u>。　　　_____詞

B）何以<u>南</u>？何以<u>北</u>？　　　_____詞

❷ 分辨下列句子所運用的修辭手法，把答案填在橫線上。

A）腐肉安能去子逃？　　　　　＿＿＿＿＿

B）梟騎戰鬥死，駑馬徘徊鳴。　　＿＿＿＿＿

C）思子良臣，良臣誠可思。　　　＿＿＿＿＿

❸ 為甚麼詩人請求烏鴉在啄食戰士屍體前，要為他們哭號？

❹ 下列哪一項並非本詩要表達的訊息？

○ A. 控訴在位者濫用民力。

○ B. 同情戰死沙場的將士。

○ C. 刻劃戰爭的殘酷無情。

○ D. 描寫烏鴉的麻木不仁。

❺ 你認為《十五從軍征》還是《戰城南》的感染力較強？為甚麼？
試簡單說明之。

陌上桑

《樂府詩集》

【引言】

　　在實行一夫一妻制的今天，高官政要包養情婦，或貪慕虛榮之女子向權貴投懷送抱，時有所聞，甚至見怪不怪；反觀古代的美女羅敷，在太守恃其財勢而「求」婚之下，既不為所懼，也不為所動，更以一句「使君一何愚！」回應太守，其勇氣和貞潔實在值得今天的我們佩服，甚至感到慚愧……

陌上桑①

《樂府詩集》

日出東南隅②，照我秦氏樓。
秦氏有好女，自名為羅敷③。
羅敷憙蠶桑，采桑城南隅④。

青絲為籠系，桂枝為籠鉤⑤。

頭上倭墮髻⑥，耳中明月珠。

緗綺為下裙⑦，紫綺為上襦⑧。

行者見羅敷，下擔捋髭須⑨。

少年見羅敷，脫帽着帩頭⑩。

耕者忘其犁⑪，鋤者忘其鋤。

來歸相怨怒，但坐觀羅敷⑫。

使君從南來⑬，五馬立踟躕⑭。

使君遣吏往⑮，問是誰家姝⑯？

「秦氏有好女，自名為羅敷。」

「羅敷年幾何？」「二十尚不足，
十五頗有餘。」

使君謝羅敷：「寧可共載不⑰？」

羅敷前致辭：「使君一何愚⑱！

使君自有婦，羅敷自有夫。」

「東方千餘騎，夫婿居上頭⑲。

何用識夫婿⑳？白馬從驪駒㉑，

青絲系馬尾，黃金絡馬頭㉒，

腰中鹿盧劍㉓，可值千萬餘。

十五府小史㉔，二十朝大夫㉕，

三十侍中郎㉖，四十專城居㉗。

為人潔白皙，鬑鬑頗有須㉘，

盈盈公府步，冉冉府中趨㉙。

坐中數千人，皆言夫婿殊㉚。」

【注釋】

① 《陌上桑》：見於《樂府詩集·卷二十八·相和歌辭三》，又名《豔歌羅敷行》、《日出東南隅篇》等，是著名漢樂府民歌。陌：田間小路。桑：桑樹。

② 隅（粵 jyu⁴〔如〕普 yú）：角落。因為中國地處北半球，所以夏至之後，太陽升起的方向為東方偏南。

③ 羅敷（粵 fu¹〔夫〕普 fū）：即秦羅敷，詩歌的女主人翁。

④ 憙：通「喜」，喜歡。采：通「採」，採摘。

⑤ 籠：籃子。系：套在籃子上的繩子。籠鈎：採桑工具，用來勾取桑樹枝條，方便摘葉，行走時用來挑籃子。

⑥ 倭墮髻（粵 wo² do⁶ gai³〔委鎖切；情計〕普 wō duò jì）：漢代時所流行的一種女性髮型。

⑦ 緗綺（粵 soeng¹ ji²〔商椅〕普 xiāng qǐ）：淺黃色的絲織品。緗：淺黃色。綺：有斜紋或圖案的絲織品。

⑧ 襦（粵 jyu⁴〔如〕普 rú）：短上衣。

⑨ 下擔捋（粵 lyut³〔靚說切〕普 lǚ）髭（粵 zi¹〔知〕普 zī）須（粵 sou¹〔蘇〕普 xū）：放下擔子撫摸鬍鬚。捋：以手握着條狀物件，順着移動、撫摸。髭須：長在嘴邊的鬍鬚。古人稱嘴唇上邊的鬍鬚為「髭」，下巴

上的鬍鬚為「須」。須：通「鬚」。

⑩ 悄（粵 ciu³〔俏〕普 qiào）頭：古代男子束髮的頭巾，帽子常戴在悄頭上面。這裏指少年脫下帽子，整理頭巾，以吸引羅敷的注意。

⑪ 耕者忘其犂（粵 lai⁴〔黎〕普 lí）：耕地的人都忘記了自己在犂地。犂：耕地用的工具，這裏作動詞用。

⑫ 但：只。坐：因為。這兩句的意思是：勞動的人耽誤了工作，回家遭到抱怨，只因一睹羅敷的美貌，由此突出羅敷之美。

⑬ 使君：漢代對太守（粵 sau³〔秀〕普 shǒu；一郡之長）或刺史（監察地方官員的官職）的別稱。

⑭ 五馬：指替使君拉車的五匹馬。踟躕（粵 ci⁴ cyu⁴〔池廚〕普 chí chú）：徘徊不前進。

⑮ 遣（粵 hin²〔顯〕普 qiǎn）：委派。吏：使君身邊的隨從。

⑯ 姝（粵 zyu¹〔朱〕普 shū）：美麗的女子。

⑰ 謝：這裏指詢問。不：通「否」，用在句尾，表示疑問。這句話是指使君問羅敷：「願意和我共乘馬車嗎？」

⑱ 一何：多麼。

⑲ 東方：指丈夫在東方做官。千餘騎（粵 gei⁶〔技〕普 jì）：指隨從的馬匹很多。上頭：隊伍的前列。

⑳ 何用：即「用何」，以甚麼。識，識別。

㉑ 驪駒（粵 lei⁴ keoi¹〔離俱〕普 lí jū）：純黑色的馬。這句指羅敷的丈夫騎着白馬，跟在黑馬後面。

㉒ 系：通「繫」，綁緊。絡（粵 lok³〔覝各切〕普 luò）：用網狀物罩住。

㉓ 鹿盧：即轆轤（粵 luk¹ lou⁴〔硃勞〕普 lù lú），汲水用具，以滑輪原理製成，古代長劍之柄多用玉做成轆轤狀。

㉔ 小史：小官員。

㉕ 朝大夫：朝中大臣的泛稱。

㉖ 侍中郎：出入禁宮的侍衛官。

㉗ 專城居：一城之主。這幾句都是寫秦羅敷在誇耀自己的夫君，説他升職很快，官位很高。

㉘ 晳（粵 sik¹〔色〕普 xī）：皮膚淨白。鬑（粵 lim⁴〔廉〕普 lián）鬑：鬍鬚稀疏的樣子。頗：稍為。須：同「鬚」。

㉙ 盈盈：儀態端莊美好。冉（粵 jim⁵〔染〕普 rǎn）冉：走路緩慢的樣子。趨：步行。

㉚ 坐：通「座」，坐席。殊：出眾，特別。

【解讀】

　　這是漢樂府詩歌中的著名篇目，講述了美麗的採桑女秦羅敷應對輕佻使君的故事。詩歌通過普通人見到秦羅敷的反應，以及秦羅敷與使君的對話，刻劃出秦羅敷貌美但不失機智的鮮明形象，並藉此批評官員輕佻不正的言行。

　　詩歌分為三部分。首部分重在刻劃秦羅敷貌美的特徵。詩人先正面描寫秦羅敷的身世、工作和衣着，至於容貌，則別出心裁地通過「行者」、「少年」、「耕者」等人看到秦羅敷時的失常舉止，從側面表現出秦羅敷的動人美貌。第二部分重在突出使君的輕佻和羅敷的堅貞。使君被秦羅敷的美貌打動，想邀請她和自己一起乘車，其實是想要娶秦羅敷為妾。可是羅敷果斷回絕：「使君一何愚！使君自有婦，羅敷自有夫。」這一句既當機立斷，又震撼人心，突顯秦羅敷面對權貴而不受誘惑，仍能堅守自己的貞節。在最後一部分，秦羅敷伶牙俐齒地誇耀自己的丈夫，官職高，相貌好，借此一方面呵斥使君的無禮行為，一方面嘲笑使君的妄自尊大。全詩語言生動流暢，人物性格鮮明，確是漢樂府中著名的敍事詩。

【文化知識】

《陌上桑》背後的故事

　　《陌上桑》背後的故事原型，一直以來都眾說紛紜。有人猜測《陌上桑》所講的，是趙王的家令王仁妻子羅敷的故事：羅敷出門採桑時，被趙王看見，趙王想把她霸佔為妾，於是羅敷作《陌上桑》以表心志，制止了趙王的卑劣行為。

　　還有人猜測，《陌上桑》源於《烈女傳》中「秋胡」的故事：有一個叫秋胡的人，娶妻五日便出外做官，五年後才回家。回家路上，秋胡看到一位漂亮的女子在採桑，於是下車對她說：「力田不如逢豐年，力桑不如見國卿。」暗示要娶她為妾，女子不從。秋胡回到家裏，母親引他見其妻，不料正是剛才那位採桑女！妻子得知秋胡是個負心人，於是含恨投河而死。

【練習】

(參考答案見第 220 頁)

❶ 下列哪一項並非路人看見秦羅敷時的反應？

　　○ A. 放下工作

　　○ B. 整理儀容

　　○ C. 上前追求

　　○ D. 忘記耕作

❷ 詩歌開首描寫了秦羅敷的身世、工作、衣着和容貌，為甚麼偏要從側面描寫容貌？

❸ 分辨下列句子所運用的修辭手法，把答案填在橫線上。

A) 頭上倭墮髻，耳中明月珠。 ＿＿＿＿＿＿

B) 何用識夫婿？白馬從驪駒。 ＿＿＿＿＿＿

C) 十五府小史，二十朝大夫。

三十侍郎中，四十專城居。 ＿＿＿＿＿＿

❹ 根據詩歌內容，試舉出秦羅敷的兩項性格特點，並加以說明。

A) ＿＿＿＿＿＿＿＿＿＿＿＿＿＿＿＿＿＿＿＿＿＿＿＿＿＿

＿＿＿＿＿＿＿＿＿＿＿＿＿＿＿＿＿＿＿＿＿＿＿＿＿＿＿＿

B) ＿＿＿＿＿＿＿＿＿＿＿＿＿＿＿＿＿＿＿＿＿＿＿＿＿＿

＿＿＿＿＿＿＿＿＿＿＿＿＿＿＿＿＿＿＿＿＿＿＿＿＿＿＿＿

❺ 綜觀全詩，詩人運用了下列哪幾種人物描寫，塑造出羅敷的鮮明形象？（答案可多於一個）

○ A. 外貌描寫

○ B. 說話描寫

○ C. 行為描寫

○ D. 心理描寫

觀滄海

〔東漢〕曹操

【引言】

我們對曹操的認知多在漢末之亂、三國之爭，但除了政治和軍事的才能，他在文學的造詣、行文的氣魄，也是十分值得欣賞的。這首《觀滄海》正顯示了他的才氣和豪邁。我們不妨從另一角度去認識這一位亂世梟雄。

觀滄海①

〔東漢〕曹操

東臨碣石②，以觀滄海。

水何澹澹③，山島竦峙④。

樹木叢生，百草豐茂。

秋風蕭瑟⑤，洪波湧起⑥。

日月之行，若出其中⑦；

星漢燦爛，若出其裏⑧。

幸甚至哉，歌以詠志⑨。

【作者簡介】

　　曹操（粵cou³〔燥〕普cāo）（公元一五五至二二零年），字孟德，沛國譙（粵ciu⁴〔潮〕普qiáo）縣（今安徽省亳（粵bok³〔博〕普bó）縣人，東漢末政治家、軍事家、詩人。他在羣雄割據的東漢末年，通過一連串的政治手段和戰役，實現了中國北部的統一，奠定了曹魏立國的基礎。公元二二零年，其長子曹丕篡（粵saan³〔傘〕普cuàn；臣子奪取帝位）漢稱帝後，追尊曹操為「武皇帝」。

　　曹操身處亂世，一生征戰沙場，故此詩歌中充滿勇往直前的豪壯之氣，反映當時百姓的艱苦生活，風格剛健沉雄而又慷（粵hong¹〔康〕普kāng）慨悲涼。

【注釋】

① 《觀滄海》：是《步出夏門行》組詩的其中一首。《步出夏門行》由序曲《艷》，以及《觀滄海》、《冬十月》、《土不同》和《龜雖壽》四首詩歌組成，作於建安十二年（公元二零七年）曹操北征烏桓（粵wun⁴〔援〕普huán；古時北方少數民族名）勝利之時。全詩描寫了河朔（黃河以北地區）一帶的風土景物，抒發了個人的雄心壯志。滄海：大海，這裏指渤海。

② 臨：登臨，登上。碣（粵 kit³〔揭〕普 jié）石：山名，位於今日河北
省昌黎縣北。曹操遠征烏桓及凱旋而歸時，皆路經這裏。

③ 何：多麼。澹澹（粵 daam⁶〔啖〕普 dàn）：水波搖蕩的樣子。

④ 山島：海中島嶼。竦峙（粵 sung² ci⁵〔聳似〕普 sǒng zhì）：聳立。竦：
同「聳」，高起，直立。峙：對立。

⑤ 蕭瑟（粵 sat¹〔失〕普 sè）：秋風吹動凋零的樹木時所發出的聲音，亦
指寂寞淒涼。

⑥ 洪波：洶湧的波浪。

⑦ 日月之行，若出其中：太陽和月亮的運行，好像出沒於大海之中。

⑧ 星漢燦爛，若出其裏：燦爛的銀河，也好像來自海裏。星漢：星
河，銀河。

⑨ 幸甚至哉，歌以詠志：這兩句是漢魏時期樂府詩歌為了配合演唱而
加上去的文辭，與原文並無直接關聯。曹操很多詩歌都有這樣的結
尾語句。意思是：極之高興啊！就用詩歌來歌詠我的情懷。至：
極。志：情志，情懷。

【解讀】

　　《觀滄海》是中國古代詩歌史上第一首完整的山水詩。建安十二
年，曹操順利征服長期侵擾中原的烏桓，班師回朝。正是懷着這勝
利的自信，曹操登上渤海邊的碣石山，觀覽波瀾壯闊的大海，並寫
下了這首詩歌。

　　隨風搖蕩的海波，高聳直立的山島，樹木葱鬱，草木豐盛無
邊，充滿生機。這一切彷彿都在慶祝詩人北伐成功，班師而還。可
是「秋風蕭瑟，洪波湧起」，狂風帶來秋的蕭瑟，帶來海的奔湧，沉
浮不定，又彷彿告訴詩人：消滅羣雄，統一全國，通往真正勝利的
道路上依然有驚濤駭浪。但無論是勝利的喜悅，還是對前路未知的
憂慮，這一切，連同偉大的日月星辰和浩瀚無邊的銀河，都似乎快

要以新姿態從大海中重生。

　　縱觀全詩，詩人用剛健有力的語言，描繪了一幅吞吐天地、浩瀚無邊的大海圖景，體現出詩人開闊的視野、寬廣的心胸，以及統一天下的偉大志向。而在豪壯大氣的背後，也隱隱傳達出詩人對未來的憂慮，從而使詩歌又歸於深沉和感慨。

【文化知識】

建安文學

　　建安文學是指東漢末年建安年間（公元一九六至二二零年）的各種文學作品，風格獨特，在文學史上獲得崇高評價。

　　建安文學源於社會現實。受漢樂府「感於哀樂，緣事而發」的啟發，文學不再是詮釋儒家經義的工具，而是反映現實、抒發情志的藝術作品，文人創作不再受到束縛。加上政治動盪，戰爭連年，民生困苦，都給文人提供了創作題材，藉文學作品反映社會實況及個人遭遇。

　　建安文學也源自政治領袖的倡導。統稱「三曹」的曹操、曹丕和曹植三父子，既掌握政治大權，也雅好文學，於是形成了以曹氏為中心的文學集團，其下文人多為曹氏政權的部屬，包括：孔融、陳琳、王粲、徐幹、應瑒（粵 joeng⁴〔羊〕普 yáng）和劉楨（粵 zing¹〔精〕普 zhēn）和阮瑀（粵 jyu⁵〔雨〕普 yǔ）七人，合稱為「建安七子」。

【練習】

(參考答案見第 220 頁)

❶ 為甚麼詩人會途經碣石山？

　　○ A. 因為詩人正在巡視天下。

　　○ B. 因為詩人打算刻石記功。

　　○ C. 因為詩人北伐勝利而歸。

　　○ D. 因為詩人準備南征吳國。

❷ 「秋風蕭瑟，洪波湧起」意味着甚麼事情？

❸ 下列哪一項並不是詩歌中「日月之行」、「星漢燦爛」所象徵的
意義？

　　○ A. 國家的康莊前景

　　○ B. 偉大的山川景色

　　○ C. 輝煌的文治武功

　　○ D. 百姓的美好生活

❹ 詩歌末尾的「幸甚至哉，歌以詠志」兩句，是甚麼意思？

飲酒（其五）

〔東晉〕陶淵明

【引言】

　　在今天爭名逐利的社會，讀書識字在很多人眼中似乎只是可以找份好工作、改善生活、提升社會地位的工具，但「不為五斗米折腰」的陶淵明卻以他的文字，告訴我們除了營營役役地爭分奪秒外，生活方式還是可以有很多選擇的。不知讀過本篇詩歌，甚至是更多陶淵明的作品後，大家會否反思人生在世的真正意義呢？

飲酒（其五）[①]

〔東晉〕陶淵明

結廬在人境[②]，而無車馬喧[③]。

問君何能爾[④]？心遠地自偏[⑤]。

采菊東籬下，悠然見南山[⑥]。

山氣日夕佳⑦，飛鳥相與還⑧。

此中有真意⑨，欲辯已忘言⑩。

【作者簡介】

陶淵明（公元三六五至四二七年），又名潛，字元亮，自號五柳先生，潯（粵 cam⁴〔尋〕普 xún）陽柴桑（今江西省九江市）人，東晉著名文學家。曾任江州（今九江市）祭酒（負責教育之官職）、彭澤（今九江市）令等官職，後來因不能「為五斗米折腰」而辭官，從此歸隱田園。

陶淵明一生不慕名利，喜歡飲酒，歸隱之後，常寫詩文來表達自己對田園山水的熱愛，以及對自由恬靜生活的讚美，開山水田園詩創作的先河，被稱為「古今隱逸詩人之宗」，著有《陶淵明集》。

【注釋】

① 《飲酒》：為陶淵明的組詩作品，此篇為第五首。陶淵明在《飲酒》的序文中自言「余閒居寡歡」，這是因為他知道東晉政局看似穩定，但實際上存在暗湧，因此經常飲酒至酩酊大醉，以遣興抒懷。每次飲醉後，陶淵明都會詩興大發，胡亂扯出一張紙，書寫感慨。詩稿越積越厚，共得二十首詩，於是請老朋友幫忙整理抄錄，並命名為《飲酒》，以表明他高潔傲岸的道德情操，和安貧樂道的生活情趣。

② 結廬（粵 lou⁴〔勞〕普 lú）：蓋房子，指居住。結：建造。人境：人類聚居的地方，指喧鬧的俗世。

③ 而：可是。車：這裏讀作「居」（粵 geoi¹ 普 jū）。喧（粵 hyun¹〔圈〕普 xuān）：喧鬧。

④ 君：詩人自稱。這句是借別人的口吻來問自己，以便下文作答。
何：何以，怎樣。爾：這樣。

⑤ 心遠地自偏：這句指因為內心已經看淡了名利，所以心境就像處於偏僻的地方一樣，清靜安寧。遠（粵 jyun⁶〔願〕普 yuàn）：這裏作動詞用，指避開。

⑥ 采：通「採」。悠然：悠閒淡遠的樣子。南山：這裏指廬山，位於九江市南郊，而詩人隱居九江，因此稱之為「南山」。

⑦ 山氣：山間的雲霧之氣。日夕：傍晚。佳：美好。

⑧ 相與還：成羣結隊歸還。相與：結伴。

⑨ 此中：上述景物，指大自然，暗指悠閒自得的田園生活。真意：指從自然景物中領悟到的人生哲理。

⑩ 辯：解釋。最後兩句的意思是：大自然蘊含了很多關於人生意義的哲理，我想加以解釋卻不知從何說起。

【解讀】

　　這是一首讚美田園生活和大自然美好景色的詩。詩人寫自己即使生活在「人境」之中，卻感覺不到車水馬龍帶來的喧鬧，全因為自己內心純淨，不圖名利，因此心境就能遠離煩囂。接下來詩人描繪了住處四周美麗的自然景色：黃昏時分，在東籬下悠閒地觀賞菊花，不經意間看到遠處的廬山。山上薄霧繚（粵 liu⁴〔聊〕普 liáo；圍繞）繞，鳥兒成羣飛過，回歸山中。其實羣鳥歸山，就是暗指詩人辭官退隱，回歸自然，因此詩人不由得感歎「此中有真意」，表現出對大自然的無限熱愛和嚮往，讚歎大自然中有關於人生的無窮奧祕。「欲辯已忘言」與道家「得意忘言」的境界相類似，傳達出不爭辯、不言說、自然而然的生活態度，由此可以看出詩人的率（粵 seot¹〔恤〕普 shuài；坦白）性豁（粵 kut³〔括〕普 huò；開通）達和在田園生活中自得其樂的情懷。

【文化知識】

隱逸詩

陶淵明被南朝文學評論家鍾嶸（粵 wing⁴〔榮〕普 róng）稱為「隱逸詩人之宗」，他所作的許多詩歌都被稱為「隱逸詩」。不尋求社會認同，即為「隱」；擁抱田園山川，自得其樂，即為「逸」。一些人在仕途或人生中遭遇坎坷（粵 ham² ho²〔砍可〕普 kǎn kě；不順利），或無法認同社會主流價值取向時，他們就選擇隱居，過一種與世隔絕的田園生活，稱為「隱逸」。歷代都有不少這樣的例子，這些人被稱為「隱士」，例如東晉的陶淵明，還有唐代的王維等。他們的生活方式和思想主張對後世的文學創作影響深遠。

【練習】
（參考答案見第 221 頁）

❶ 試結合詩歌內容，將「問君何能爾？心遠地自偏。」這兩句語譯為白話文。

❷ 承上題，這兩句運用了哪一種修辭手法？
　　○ A. 疑問　　　　○ B. 反問
　　○ C. 詰難　　　　○ D. 設問

❸ 「飛鳥相與還」代表了詩人的甚麼心態？

④ 下列哪一項符合詩中「遠」字的讀音、詞性和字義？

	粵音	詞性	字義
○ A.	「願」	形容詞	距離大
○ B.	「軟」	形容詞	距離大
○ C.	「願」	動詞	疏離
○ D.	「軟」	動詞	疏離

⑤ 現代人幾乎不能遠離人羣而隱居山林，你認為要怎樣做才能在煩囂社會和淡泊名利之間找出平衡？

明　陳洪綬　陶淵明故事圖卷

木蘭辭

《樂府詩集》

【引言】

　　花木蘭代父從軍的故事，已由中國古代文學作品搬到西方迪士尼的動畫屏幕上，讓世人認識中國傳統諺語「巾幗不讓鬚眉」的真諦，了解中國人「忠」、「孝」這兩個核心價值觀。身為中國人，又怎能不好好熟讀這首《木蘭辭》呢？

木蘭辭[①]

《樂府詩集》

唧唧復唧唧，木蘭當戶織[②]。

不聞機杼聲，唯聞女歎息[③]。

問女何所思？問女何所憶[④]？

女亦無所思，女亦無所憶。

昨夜見軍帖，可汗大點兵[5]，

軍書十二卷，卷卷有爺名[6]。

阿爺無大兒，木蘭無長兄，

願為市鞍馬，從此替爺征[7]。

東市買駿馬，西市買鞍韉，

南市買轡頭，北市買長鞭[8]。

旦辭爺娘去，暮宿黃河邊，

不聞爺娘喚女聲，但聞黃河流水鳴濺濺[9]。

旦辭黃河去，暮宿黑山頭[10]，

不聞爺娘喚女聲，但聞燕山胡騎聲啾啾[11]。

萬里赴戎機，關山度若飛[12]。

朔氣傳金柝[13]，寒光照鐵衣[14]。

將軍百戰死，壯士十年歸[15]。

歸來見天子，天子坐明堂[16]。

策勳十二轉，賞賜百千強[17]。

可汗問所欲，「木蘭不用尚書郎⑱，

願馳千里足，送兒還故鄉⑲。」

爺娘聞女來，出郭相扶將⑳；

阿姊聞妹來，當戶理紅妝㉑；

小弟聞姊來，磨刀霍霍向豬羊㉒。

開我東閣門，坐我西閣牀，

脫我戰時袍，着我舊時裳㉓。

當窗理雲鬢，對鏡帖花黃㉔。

出門看夥伴，夥伴皆驚惶㉕：

「同行十二年，不知木蘭是女郎！」

雄兔腳撲朔，雌兔眼迷離㉖；

雙兔傍地走㉗，安能辨我是雄雌㉘？

【典籍簡介】

除了漢代樂府詩，郭倩茂的《樂府詩集》也收錄了六十多首北朝民歌。北朝民歌大致為五胡十六國和北朝北魏時期的作品，主要出自少數民族鮮卑人的手筆。北朝民歌語句淺白而率直，風格豪邁而蒼涼，對後世邊塞詩的出現和發展有重要影響，代表作有《敕勒歌》、《木蘭辭》等。

【注釋】

① 《木蘭辭》：見於《樂府詩集‧卷二十五‧橫吹曲辭五》，亦作《木蘭詩》，是北魏時代的作品，作者已不可考。辭：一種起源於戰國時代楚國的文體名稱。木蘭：其資料詳見後文「文化知識」。

② 唧（粵 zik¹〔即〕普 jī）唧：織布機運作時發出的聲音。復：再次、又再，意指不斷。當戶：對着窗戶，指在家中。戶：窗戶。

③ 機杼（粵 cyu⁵〔柱〕普 zhù）聲：織布機發出的聲音。杼：古代織布機上的梭，是牽引橫線的器具。唯：只是。

④ 憶：思索（粵 saak³〔四格切〕普 suǒ）。

⑤ 軍帖（粵 tip³〔貼〕普 tiě）：徵兵的文書。可汗（粵 hak¹ hon⁴〔克寒〕普 kè hán）：古代西北少數民族對君主的稱呼。大點兵：大規模徵兵。

⑥ 軍書：同「軍帖」。爺：父親，下文「阿爺」也是這個意思。

⑦ 願為市鞍馬：願意為（父親）購買戰馬和乘馬用具。據記載，西魏規定從軍的人要自備武器、糧食和衣服。市：購買。

⑧ 東市買駿馬，西市買鞍韉（粵 zin¹〔煎〕普 jiān），南市買轡（粵 bei³〔臂〕普 pèi）頭，北市買長鞭：這幾句記述了木蘭到各處購買行軍所需的物品。鞍韉：馬鞍和下面的墊子。轡頭：套馬用的繩子和籠頭。

⑨ 鳴：發出聲音。濺（粵 zin³〔戰〕普 jiàn）濺：水流聲。

⑩ 黑山：即殺虎山，在今內蒙古自治區呼和浩特市東南。

⑪ 燕（粵 jin¹〔煙〕普 yān）山胡騎（粵 gei³〔技〕普 jì）：泛指北方外族的戰馬。燕：泛指北方。胡：泛指外族。啾（粵 zau¹〔周〕普 jiū）啾：這裏指馬匹嘶鳴。

⑫ 赴戎（粵 jung⁴〔容〕普 róng）機：奔赴戰場。戎機：軍事機要，這裏指戰場。關山度若飛：像飛一般翻山過關，形容木蘭趕路之快。度：通過。

⑬ 朔氣傳金柝（粵 tok³〔託〕普 tuò）：北方夜裏寒氣中傳來打更的聲音。朔：北方。金柝：古代軍中用的鐵鍋，白天用來做飯，晚上用來打更。

⑭ 寒光照鐵衣：冰冷的月光照在戰士的鎧（粵hoi²〔海〕普kǎi）甲上。

⑮ 將軍百戰死，壯士十年歸：這是一句互文句，意思是：有的將士歷經百戰為國捐軀，有的將士歷經十年勝利歸國。

⑯ 明堂：這裏指宮殿。

⑰ 策勳（粵fan¹〔分〕普xūn）十二轉（粵zyun²〔子丸切〕普zhuǎn）：給木蘭記下大功。策勳：記功。轉：官階或爵位每升一級叫「一轉」。百千：形容很多。強：這裏指有餘。

⑱ 欲：願望，要求。尚書郎：本指當滿一年的尚書屬官，這裏泛指官職。

⑲ 馳：策騎。千里足：指快馬。還：歸去。

⑳ 郭：外城。扶將（粵zoeng¹〔張〕普jiāng）：攙（粵caam¹〔參〕普chān）扶，這裏指木蘭的父母年邁，要互相扶持才能出城迎接木蘭。

㉑ 理紅妝：化妝打扮。

㉒ 磨刀霍（粵fok³〔貨閣切〕普huò）霍向豬羊：霍霍地磨刀，準備殺豬宰羊。霍霍：形容急速磨刀的聲音。

㉓ 着：穿上。裳：衣服。

㉔ 當窗理雲鬢，對鏡帖花黃：這裏寫木蘭脫掉戰袍之後化妝的過程。雲鬢：捲曲如雲的鬢髮。鬢：近耳邊的頭髮。帖：通「貼」。花黃：古代女子貼在面部的一種裝飾品。

㉕ 夥伴：同伴，即軍中戰友。驚惶：這裏指驚訝。

㉖ 雄兔腳撲朔，雌兔眼迷離：要區分兔子的性別，可以提着兔子的耳朵，把兔子懸在半空，雙腿不斷動彈的是雄兔，只是瞇（粵mei¹〔媽機切〕普mī）起眼睛的是雌兔。撲朔：跳躍的樣子。迷離：看不清的樣子。

㉗ 雙兔傍（粵bong⁶〔磅〕普bàng）地走：兩隻兔子並排跑。傍：靠着。

㉘ 安能：怎能夠。

　　《木蘭辭》是中國古代文學史上著名的民歌作品。詩歌採用敘事手法，講述了女子花木蘭從軍的原因、從軍前的準備、從軍中的艱辛、凱旋歸來享受封賞，和回家後變回女兒身的經過。全詩通過細緻的筆法，塑造了一位女扮男裝、代父從軍、英勇殺敵的英雄形象，成為後世大量詩歌、戲劇及其他形式藝術作品的重要題材，廣受後人喜愛。

　　按照故事情節，全詩可以分為五個部分，當中重點描寫了木蘭從軍的原因和準備，以及得勝歸家後變回女兒身的情形，卻略寫戰爭和受賞部分。但是從六句描寫戰爭的句子中，我們仍可看到戰爭的殘酷：「寒光照鐵衣」表明戰士夜晚即使休息也不脫戰袍，突出行軍之苦，而「將軍百戰死，壯士十年歸」更說明戰爭所帶來的重大傷亡，有人功成名就，有人卻戰死沙場。

　　總體來看，全詩敘述詳略得當，句式整齊，富有氣勢和韻律美，成功塑造花木蘭孝順、愛國、刻苦、不貪功的英雄形象，同時也委婉地表達了百姓對戰亂的譴責和對和平生活的嚮往。

【文化知識】

木蘭姓氏考

　　木蘭到底姓甚麼？至今依然是一宗懸案。或以為姓「花」，亦有姓朱、魏、任、韓等說法。

　　木蘭之名，最早見於《木蘭辭》，然而有名無姓。明代文學家徐渭將《木蘭辭》改編為戲曲《雌木蘭替父從軍》。劇中木蘭自稱：「妾身姓花名木蘭……父親名弧字桑之，平生好武能文……」自此，木蘭有了姓氏，其父叫花弧。清代《曲海總目提要·雌木蘭》說：

「木蘭事雖詳載古樂府……木蘭不知名，記內所稱姓花名弧及嫁王郎事，皆係渭撰出。」

一說為木蘭本姓「朱」，清康熙年間的《黃陂（粵pei⁴〔皮〕普pí）縣誌》曰：「木蘭，本縣朱氏女，生於唐初，……假男子代父從軍，……至今其家猶在木蘭山下。」焦竑（粵wang⁴〔宏〕普hóng）在其《焦氏筆乘》中也說道：「木蘭，朱氏女子，代父從征。今黃州黃陂縣北七十里，即隋木蘭縣。有木蘭山、將軍塚、忠烈廟，足以補《樂府題解》之缺。」

無論如何，即使是後人所杜撰，「花木蘭」一名已經深入民心，再也不能改變了。

【練習】

（參考答案見第 221 頁）

❶ 分辨下列事物所發出的聲音，找出詩歌中的擬聲詞，把答案填在橫線上。

A）馬嘶鳴：＿＿＿＿＿＿＿＿＿

B）織布機：＿＿＿＿＿＿＿＿＿

C）磨刀聲：＿＿＿＿＿＿＿＿＿

D）水流聲：＿＿＿＿＿＿＿＿＿

❷ 找出詩歌的各組韻腳，把答案填在括號內。

A）第一組：唧、（　　）、（　　）、（　　）

B）第二組：（　　）、（　　）、（　　）、征

C）第三組：（　　）、（　　）、（　　）、濺

D）第四組：（　　）、（　　）

E）第五組：機、（　　）、衣、（　　）

F）第六組：（　　　　）、強、（　　　　）、（　　　　）、（　　　　）、
（　　　　）、（　　　　）、（　　　　）、（　　　　）、（　　　　）、
（　　　　）、郎

G）第七組：（　　　　）、（　　　　）

❸ 根據詩歌內容，為甚麼花木蘭要代父從軍？（請選擇兩個正確的
答案）

　　○ A. 天子強迫女子從軍。　　　　○ B. 木蘭不想老父打仗。

　　○ C. 木蘭想嘗試打仗的滋味。　　○ D. 家中沒有兄長代為從軍。

　　○ E. 老父請求木蘭代自己從軍。

❹ 分辨以下句子的修辭手法，把答案填在括號內。

　　A）軍書十二卷，卷卷有爺名。　　　　　　（　　　　）

　　B）東市買駿馬，西市買鞍韉，

　　　　南市買轡頭，北市買長鞭。　　　　　　（　　　　）

　　C）不聞爺娘喚女聲，但聞黃河流水鳴濺濺。……

　　　　不聞爺娘喚女聲，但聞燕山胡騎聲啾啾。（　　　　）

　　D）萬里赴戎機，關山度若飛。　　　　　　（　　　　）

　　E）當窗理雲鬢，對鏡帖花黃。　　　　　　（　　　　）

　　F）雙兔傍地走，安能辨我是雄雌？　　　　（　　　　）

❺ 縱觀詩歌內容，木蘭是一位怎樣的女子？請寫出其中兩項性格特
點，並簡單說明之。

　　A）_____

　　　　_____

　　B）_____

在獄詠蟬

〔唐〕駱賓王

【引言】

不知道「蟬」這小昆蟲會令你想起甚麼呢？聒（粵 kut³〔括〕普 guō）耳的叫聲？炎熱的夏天？螳螂捕蟬的寓言？還是金蟬脫殼的故事？筆者想起的卻是一首校園民歌的《秋蟬》。曲中有着對蟬優美生動的描述：「聽我把春水叫寒，看我把綠葉催黃。」但試想，若人身在獄中時，聽着這吵耳的蟬鳴，恐怕再無法附庸風雅吧？且看唐代詩人駱賓王如何在困境中詠讚蟬，藉蟬表白心志。

在獄詠蟬①

〔唐〕駱賓王

西陸蟬聲唱②，南冠客思侵③。
不堪玄鬢影④，來對白頭吟⑤。

露重飛難進⑥，風多響易沉⑦。

無人信高潔⑧，誰為表予心⑨？

【作者簡介】

駱（粵 lok³〔靚各切〕普 luò）賓王（公元六四零至六八四年），字觀光，婺（粵 mou⁶〔務〕普 wù）州義烏（今浙江省義烏市）人，「初唐四傑」之一，唐代詩人。為人極具浪漫氣質，早年落魄，曾想以布衣平民的身份直取卿相，卻終究只做過主簿一類的小官，並因事被誣陷入獄。後隨徐敬業起兵討伐武則天，起兵失敗後，下落不明，一說被殺，一說逃亡，甚至為僧。

駱賓王的詩文辭藻華麗，格律嚴謹，諷刺現實而又暗含感慨，代表作有《詠鵝》、《在獄詠蟬（並序）》、《代李敬業討武氏檄（粵 hat⁶〔核〕普 xí；用以聲討的文書）》等，後人輯有《駱賓王集》。

【注釋】

① 《在獄詠蟬》：詩歌的全名為《在獄詠蟬（並序）》。詩人在詩歌正文前著有序言，以說明寫這首詩的緣由。本篇只節錄其五言律詩的正文。

② 西陸：秋天的別稱。

③ 南冠（粵 gun¹〔官〕普 guān）：楚冠，南方楚人的頭冠，這裏指囚徒。春秋時代，楚國人鍾儀戴着故鄉南國的帽子被囚晉國。駱賓王故鄉在浙江，是南方人，因事被囚長安，所以藉此典故說明自己客囚異鄉。侵：或作「深」，說詩人被囚，因而愁思日深。

④ 玄鬢：黑色的蟬翼，這裏比喻詩人自己正值盛年。

⑤ 白頭吟：樂府詩名。《樂府詩集》解題說南朝鮑照、張正見、隋朝虞世南均有創作《白頭吟》，皆自傷清直卻遭誣謗。此兩句的意思是：自己正當玄鬢之年，卻要誦讀《白頭吟》那樣哀怨的詩句，只是為了表明自己的清白。

⑥ 重（粵 zung⁶〔仲〕普 zhòng）：濃，多，厚。飛難進：指蟬難以高飛。

⑦ 響：蟬鳴。沉：沉沒，這裏指蟬鳴被風聲蓋過。

⑧ 高潔：清高潔白。古人認為蟬以露水為食，是高潔之物，所以詩人以蟬自喻。

⑨ 予（粵 jyu⁴〔如〕普 yú）心：我心。予：通「余」，我。

【解讀】

唐高宗儀鳳三年（公元六七八年），三十八歲的駱賓王上書觸怒掌控大權的武后，因而下獄，此詩即為獄中所作。

詩歌首聯以蟬聲引入，蟬鳴觸動了詩人 —— 這位南方囚徒的情感。頷聯寫詩人看見蟬翼青黑，而正值盛年的自己卻有了白髮，不禁悲從中來。此處的「白頭吟」有兩層意思：一是寫詩人自己的黑髮變白，一是引用歷代文人以《白頭吟》自傷被誣的典故，來抒發自己在獄中黯自神傷、悲愁交加的情緒。緊接着的頸聯，詩人將目光聚焦在蟬身上，寫蟬因為秋天露重，難以高飛，蟬鳴也容易淹沒在狂亂的風聲之中。此聯表面是寫秋蟬所處的困境，其實是詩人的自況：秋露和秋風是當權者的打壓，令詩人感到悲傷和絕望，因此詩人在尾聯借蟬之口，表達自己清高潔白而不被信任、不被理解的憤懣（粵 mun⁶〔悶〕普 mèn；生氣），和希望得到幫助的迫切心情。

詩人運用了託物言志的表達方式，以蟬自比，通過描寫蟬的叫聲、身體和處境，來抒發自己所處的困局和苦悶的心情，描寫細膩，感情深摯。

【文化知識】

律詩

　　剛才在「解讀」提及過「首聯」、「頷聯」、「頸聯」和「尾聯」四詞，它們都是律詩的主要格式。

　　律詩是唐代及以後所流行的一種詩歌體裁，由於格律嚴謹，故稱「律」。律詩共八句，每句五字或八字，稱為「五言律詩」或「七言律詩」，總字數分別為四十及五十六，簡稱「五律」或「七律」。

　　律詩每兩句為一聯，共四聯，並冠以人體器官名稱。首兩句為「首聯」，第三、四句為「頷聯」（頷（粵）ham⁵〔厚凜切〕（普）hàn），下巴），第五、六句為「頸聯」，最後兩句為「尾聯」。當中頷聯和頸聯必須對仗工整，平仄相對，詞性相應，其他二聯則不拘。

　　用韻方面，律詩只可押平聲韻，不可換韻，要一韻到底，偶句句末必須押韻，首句則可押可不押。

【練習】
（參考答案見第 222 頁）

❶ 分析《在獄詠蟬》的格律，填寫下表。

格律		答案
全詩句數		A）
每句字數		B）
體裁名稱		C）
對仗	首聯	D）
	頷聯	E）
	頸聯	F）
	尾聯	G）

	第一句	H）
	第二句	I）
韻腳	第四句	J）
	第六句	K）
	第八句	L）

❷ 試簡單解釋下列典故的內容，以及在詩歌中的作用。

A）南冠：＿＿＿＿＿＿＿＿＿＿＿＿＿＿＿＿＿＿＿＿＿

B）《白頭吟》：＿＿＿＿＿＿＿＿＿＿＿＿＿＿＿＿＿＿

❸ 詩人運用了下列哪兩種事物來比喻當權者的打壓？

○ A. 蟬聲　　　　　　　　○ B. 蟬翼

○ C. 露水　　　　　　　　○ D. 白髮

○ E. 狂風

❹ 除了蟬，你認為還有甚麼事物可以比喻詩人的清高雅潔？試簡單
說明之。

送杜少府之任蜀州

〔唐〕王勃

【引言】

　　生離死別是人生的必經階段，也成為歷代詩文千古不變的主題。同樣是離情、思念，既可以是愁緒，也可以是激勵彼此的動力。

　　以今天科技之發達，「海內存知己，天涯若比鄰」已不是空談，但它之所以成為千古名句，正正就是詩人那份對維繫友情的堅定和信念，雖千載至今而不變。

送杜少府之任蜀州①

〔唐〕王勃

城闕輔三秦②，風煙望五津③。
與君離別意④，同是宦遊人⑤。

海內存知己⑥，天涯若比鄰⑦。

無為在歧路⑧，兒女共沾巾⑨。

【作者簡介】

　　王勃（公元六五零至六七六年），字子安，唐代著名詩人，與楊炯（粵 gwing² 〔岡〕 普 jiǒng）、盧照鄰、駱賓王齊名，世稱「初唐四傑」。「四傑」中王勃的文學成就最高，六歲就能寫文章，幼時被稱為「神童」。但由於恃才傲物，因此曾兩次做官，都被罷免。後因私藏罪奴而被告發，王勃怕事泄而擅殺罪奴，結果連累父親被貶到交趾（今越南北部）做官。王勃二十七歲時前往交趾探望父親，北返途中溺海受驚而亡，英年早逝。

　　王勃才氣極高，擅長五言律詩，其駢（粵 pin⁴〔平年切〕普 pián）文（古代一種以四言、六言對偶句為主的半詩半文體）作品《滕王閣序》極負盛名。他的作品文辭華麗，境界開闊，感情深厚，對推動初唐時期的詩歌改革起到積極的作用。

【注釋】

① 杜少府：名不詳，少府為其官職。少府：古代官職，始於秦、漢。唐代為掌管百工技藝之官。之：到，往。蜀州：在今四川省崇州市。

② 城闕（粵 kyut³〔缺〕普 què）：城牆和宮殿，這裏指唐朝都城長安。輔：拱衛，保衛。三秦：泛指當時長安附近的關中之地，在今陝西境內，為古代秦國的疆土。項羽滅秦，將關中之地分為雍、塞、翟（粵 dik⁶〔敵〕普 dí）三國，封予三位秦國降將，故稱「三秦」。這句的意思指：三秦之地拱衛着京城。

③ 風煙：風景，景色。五津：指四川岷（粵 man⁴〔民〕普 mín）江上的五個渡口，即白華津、萬里津、江首津、涉頭津和江南津，泛指四川，亦暗指杜少府前往上任的地方。津：渡口。這句的意思指：從長安遠遠望去，那風景的盡頭，當是你要前往的蜀地吧！

④ 君：你，指杜少府。意，情感。

⑤ 宦（粵 waan⁶〔幻〕普 huàn）遊：外出做官，或指在宦海浮沉，仕途不順。

⑥ 海內：四海之內，即全國各地。存：有。知己：知心的朋友。

⑦ 天涯：天邊，比喻極遠的地方。若：好像。比鄰：近鄰。

⑧ 無為（粵 wai⁴〔圍〕普 wéi）：不要，不必。歧（粵 kei⁴〔奇〕普 qí）路：分岔（粵 caa³〔詫〕普 chà）路，古人送行時，常在大路分岔處言別，這裏指分離。

⑨ 兒女：這裏指青年男女。沾巾：淚水沾濕衣裳。

【解讀】

　　這是一首千古傳唱的送別詩。詩歌開首便描寫三秦所拱衛的京師，氣勢宏偉，轉而將眼光投向千里之外的蜀州，領域極廣，意境開闊。頷聯言及離別，感慨彼此同是天涯宦遊人，不免有同病相憐之感和依依不捨之情。但詩人並沒有沉溺在傷感之中，反而勸慰即將離別的朋友：只要我們心中互有彼此，哪怕遠隔天涯，也會像近鄰一般，所以不必像年輕人分別時那樣哭哭啼啼，英雄氣短，兒女情長。詩歌結尾積極昂揚的情感，表現出詩人的豁達胸襟。

　　全詩語句流利，意境開闊，既有詩人暗暗流露的不捨之情，也有對友誼的熱情讚頌，是誠摯情感的流露。作為送別詩，這首詩並沒有一味渲染離愁別緒，反而處處散發着積極向上的正能量，這體現出初唐人鮮明的時代精神，也使這首五律在古今送別詩中別樹一幟，流頌千古。

【文化知識】

送別詩

　　送別詩是唐詩中很有特色的一類。古代交通、通訊不發達，與親友分別，常常很久、甚至永遠不能再相見，所以分別時所寫的詩文，多表達挽留或思念之意。送別詩的源頭可以追溯到《詩經》，《小雅・采薇》中就有「昔我往矣，楊柳依依。今我來思，雨雪霏霏」的句子；又因「柳」與「留」諧音，因此漢代以來，不少詩歌常用柳樹來表達挽留之意，漢樂府的古曲《折楊柳歌》所表達的就是分別時的彼此留戀。至於長亭（設於古代大道兩旁以供行人休息的建築）、渡口、橋等，因為是行走陸路、水路的分別之地，因此也成為詩人經常歌詠的事物。《楚辭・招隱士》中有「王孫遊兮不歸，春草生兮萋萋」的句子，所以送別詩中也常以春草為意象，來寄託作者的離情恨意。此外，大雁、柳絮等自然景物，也常常寄託着詩人盼歸的心情，或對旅途漂泊的感慨，都出現在歷代的送別詩中。

【練習】
（參考答案見第 222 頁）

❶ 詩歌首聯「城闕輔三秦，風煙望五津」分別指甚麼地方？

　　A）＿＿＿＿＿＿＿＿＿＿＿＿＿＿＿＿＿＿＿＿＿＿＿

　　B）＿＿＿＿＿＿＿＿＿＿＿＿＿＿＿＿＿＿＿＿＿＿＿

❷ 承上題，試分析首聯各字的詞性，把答案填在括號內。

A）城闕（　　　）詞　輔（　　　）詞

　　三（　　　）詞　秦（　　　）詞

B）風煙（　　　）詞　望（　　　）詞

　　五（　　　）詞　津（　　　）詞

❸「宦遊人」所指的是甚麼？這種身份與詩歌的主題有甚麼關係？

❹ 下列哪些字是本詩的韻腳？（答案可多於一個）

○ A. 秦　　　○ B. 津　　　○ C. 意　　　○ D. 巾

○ E. 鄰　　　○ F. 己　　　○ G. 路　　　○ H. 人

❺ 為甚麼說詩人在這首詩歌所發出的，都是積極向上的正能量？試結合詩歌內容，加以說明。

登幽州台歌

〔唐〕陳子昂

【引言】

　　「前不見古人，後不見來者」這千古名句常常被後人引用，然而其出處，卻是一位因懷才不遇而感傷的忠臣。

登幽州台歌①

〔唐〕陳子昂

前不見古人②，後不見來者③。

念天地之悠悠④，獨愴然而涕下⑤。

　　陳子昂（公元六六一至七零二年），字伯玉，梓（粵 zi²〔子〕普 zǐ）州射洪（今四川省射洪縣）人，唐代著名詩人。他是初唐時期詩文革新的代表人物之一，開創了盛唐詩歌清新勁健的藝術風格。為人剛毅果敢，常上書進諫，卻屢遭猜忌，受到排擠，後辭官還鄉，在父親死後居喪期間，被權臣武三思所指使的縣令害死於獄中。

　　陳子昂的詩歌散文著述頗豐，其作品多能反映現實，抨擊黑暗，文辭質樸，蒼勁有力，思想豐厚，寓意深遠。著有《陳伯玉集》。

【注釋】

① 幽州台：又稱為「薊（粵 gai³〔計〕普 jì）北樓」，故址在北京市大興區。戰國時，燕（粵 jin¹〔煙〕普 yān）昭（粵 ciu¹〔超〕普 zhāo）王修築此樓台以招賢納士。

② 前：過去。古人：這裏指古代禮賢下士、任用賢能的君王。

③ 後：未來。來者：這裏指後世那些重視人才的君主。

④ 念：想到。悠悠：形容時間的久遠與天地的廣闊。

⑤ 愴（粵 cong³〔創〕普 chuàng）然：悲悽傷痛的樣子。涕（粵 tai³〔替〕普 tì）：眼淚。

【解讀】

　　這首詩創作於陳子昂直言進諫不但不被接納，反而被貶官的時期，直接而深刻地抒發了詩人懷才不遇的憤懣和無奈，以及詩人感慨天地雖大，唯有自己一人無助和寂寥的孤獨情緒。

　　戰國時，燕昭王築幽州台，用以招賢納士，在那裏獲得賢臣郭隗（粵 ngai⁵〔蟻〕普 wěi），傳為美談。屢遭排擠的陳子昂獨自登上幽州台，不禁慨歎：自己無法得見前代有名的賢君，也無法等到後世的明主，因而寫出自己生不逢時的悲涼，繼而感慨天地無邊無際，時間無始無終，個人的生命在茫茫宇宙中卻顯得微小而短暫，不禁感傷流淚。

　　本詩在藝術表現上也很有特色，運用長短參差的句法，前兩句音節急促，傳達了詩人的抑鬱不平之氣，後兩句音節舒緩流暢，表現出詩人無可奈何、繼而長歎的情感。全詩節奏富於變化，增強了藝術感染力。

【文化知識】

千金市骨

　　公元前三一四年，齊宣王攻燕國，殺燕王噲（粵 faai³〔快〕普 kuài），燕國幾乎滅亡。兩年後，燕昭王繼位，決心復興燕國，以報齊國當年入侵之仇。燕昭王於是召見郭隗，尋求強國之策，郭隗因而説了這個故事：

　　古代一位臣子為君王購買千里馬，卻只買了死馬的骨頭回來，君王大怒而不解。臣子解釋説：「如果大家知道，大王連千里馬的骨頭都肯用重金買回來，那就會認為大王真的想以高價買千里馬，自然會把千里馬送上。」後來果真如臣子所言，不到一年就有幾匹千里馬被呈送上來。

　　郭隗以這個寓言為例，對燕昭王説：「如果大王要招納賢士，那就先從我郭隗開始。那些比我更賢能的人知道了，就會不遠萬里前來投奔大王。」燕昭王於是給郭隗修建豪華的宮殿，並尊他為師。各國賢士聽聞後紛紛投奔燕國，例如趙國的樂毅和劇辛，齊國的鄒

衍（粵 jin⁵〔以免切〕普 yǎn），人才濟濟，使燕國逐漸強大起來，為日後向齊國復仇奠下基礎。

郭隗所説的那個寓言，後來演變為成語「千金市骨」或「千金買骨」，意指君主十分渴望和重視人才。

【練習】
（參考答案見第 223 頁）

❶ 幽州台與詩人的遭遇有甚麼關係？

❷ 詩歌中的「古人」和「來者」，所指的是甚麼？
   ○ A. 賢臣　　　　　　　○ B. 明君
   ○ C. 奸臣　　　　　　　○ D. 昏君

❸ 「念天地之悠悠」顯示出詩人的甚麼感懷？

❹ 試找出詩歌中的韻腳，把答案填在括號內。
   （　　　）和（　　　）

❺ 你認為在現代社會，會有着像古代一樣「懷才不遇」的人嗎？試簡單説明之。

次北固山下

〔唐〕王灣

【引言】

　　古詩之所以美好而耐讀，往往是因為它的內斂含蓄。像王灣藉這首詩表達思鄉之情，一個思念的字眼也沒有使用，卻又讓讀者在字裏行間感受到那淡淡的鄉愁，這可能是詩歌創作的最高境界吧。

次北固山下①

〔唐〕王灣

客路青山外，行舟綠水前。
潮平兩岸闊②，風正一帆懸③。
海日生殘夜④，江春入舊年⑤。
鄉書何處達⑥？歸雁洛陽邊⑦。

王灣（公元六九三至七五一年），號為德，洛陽（今河南省洛陽市）人，唐代詩人，《全唐詩》僅傳其詩十首。唐開元初年，常在吳楚一帶（今湖北、江蘇、浙江等地）遊歷。其詩常吟詠山水，文辭清麗，行文工整，意境壯闊。

【注釋】

① 次：旅途中臨時停宿。北固山：在今江蘇省鎮江市北，三面臨江，形勢險固。

② 潮平兩岸闊：潮水上漲，兩岸之間的江面變得寬闊。闊：這裏作動詞用。

③ 風正：順風行船。帆：船帆。

④ 海日：海上的旭日。生：升起。殘夜：夜晚將盡之時。此句是寫殘夜將盡，海上旭日逐漸東升的景象。

⑤ 江春入舊年：江上早春送走舊年殘冬，指春回大地。入：到，這裏指送走。

⑥ 鄉書：家書。達：轉達。

⑦ 歸雁洛陽邊：春天大雁北歸洛陽，洛陽正是詩人的家鄉。此時詩人滯留在南方的北固山下，因而希望北去的大雁可以幫自己帶一封家書回鄉。

【解讀】

這是一首描寫春景、抒發鄉情的詩歌。詩人乘舟從洛陽南下，在北固山下的江邊停泊。開篇便寫行舟途中所見的青山綠水，緊接

寫春潮上漲，水面變得寬闊，兩岸看起來似乎隔得更遠了。這幾句詩人寫行舟所見景色，由遠到近，由高到低，循序漸進，將讀者逐步帶入初春的畫面，予人身臨其境之感。一夜將盡，沿江望去，江流入海，一輪紅日從沉睡了一夜的海上漸漸升起。再看這滿江春色，便知殘冬將要遠去。「海日生殘夜，江春入舊年」一聯歷來為人讚賞：一是語句剪裁得當，對仗工整，用詞準確；二為旭日和初春都是積極向上的物象，詩人以此來勾勒江上初春景色，表現出一種春回大地、勢不可擋的勃勃生機。最後兩句，詩人在船上看到北返的大雁，頓生思鄉之情，這與上文生機勃勃的春景形成鮮明對比，表達出詩人對故鄉的思念，使全詩籠罩一層淡淡的鄉思愁緒。

「海日生殘夜，江春入舊年」一聯歷來膾炙人口，當朝宰相張説（粵 jyut⁶〔月〕普 yuè）不但極度讚賞，更親筆題寫在宰相政事堂上，讓朝中官員加以學習。唐末詩人鄭谷更説：「何如海日生殘夜，一句能令萬古傳。」表達出對王灣的羨慕欽佩之情。

【文化知識】

魚雁傳書

古代詩文常用「雁書」或與大雁有關的意象來指代書信，相傳是因為大雁能替滯留他鄉的人送書信回家，所以歷代文人都把大雁看做信使，用牠來指代書信。好像宋代女詞人李清照在《一剪梅》中寫道：「雲中誰寄錦書來？雁字回時，月滿西樓。」表達出詞人日夜盼望丈夫早日回信的思念之情。

文人也用「魚書」或與魚相關的意象來指代書信。漢樂府《飲馬長城窟行》中寫道：「客從遠方來，遺我雙鯉魚。呼兒烹鯉魚，中有尺素書。」就是指古人以鯉魚寄信給遠方的人。自此，「魚」和「雁」成為書信的指代，更衍生出不少成語，如「魚雁不絕」、「雁杳（粵 miu⁵〔秒〕普 yǎo）魚沉」。

【練習】

（參考答案見第 223 頁）

❶ 詩中哪兩種景物暗示了春天已經到來？

_____ 和 _____

❷ 試分析頷聯的詞語性質，把答案填在括號內。

潮	平	兩	岸	闊，
風	正	一	帆	懸。

A)（　　）詞	B)（　　）詞	C)（　　）詞	D)（　　）詞	E)（　　）詞

❸ 「海日生殘夜，江春入舊年」為甚麼歷來備受讚賞？

A)_____

B)_____

❹ 如今科技發達，你還會選擇用紙和筆來寫信給親朋戚友嗎？為
甚麼？

明　李在　江山歸帆圖冊頁

使至塞上

〔唐〕王維

【引言】

　　「詩情畫意」是最適合用來形容王維詩作的詞語了。他除了是一位詩人，也是畫家，因此他所寫的詩視覺效果十分豐富，簡單幾行文字便能描繪出層次豐富、色彩鮮明的邊塞風光，卻使讀者印象深刻。

使至塞上①

〔唐〕王維

單車欲問邊②，屬國過居延③。

征蓬出漢塞④，歸雁入胡天。

大漠孤煙直，長河落日圓。

蕭關逢候騎⑤，都護在燕然⑥。

【作者簡介】

　　王維（公元七零一至七六一年），字摩詰（粵 mo¹ kit³〔麼揭〕普 mó jié），唐代著名詩人、畫家，因官至尚書右丞（即副丞相），故世稱「王右丞」。王維篤信佛教，詩作中充滿禪意，故又有「詩佛」之稱。代表作有《相思》、《山居秋暝》、《九月九日憶山東兄弟》等。王維又擅長山水畫，因此蘇軾曾有評價：「味摩詰之詩，詩中有畫；觀摩詰之畫，畫中有詩。」

　　王維在詩歌上的成就是多方面的，他的詩作膾炙人口，在題材上，他的山水詩和邊塞詩都十分出色，其中山水田園詩最為後世所稱道。這類作品清雅恬淡，別致有味，在山水田園景色中往往蘊藏着深刻的禪意。至於邊塞詩也很有特色，詩風明朗自然，所描寫邊塞景色簡練而又精確，可與同時代的邊塞詩人王昌齡並稱。

【注釋】

① 《使（粵 si⁴〔試〕普 shǐ）至塞上》：奉命出使邊塞。使：出使。塞上：邊境。

② 單車（粵 geoi¹〔居〕普 chē）：一輛車，車輛少，這裏指王維輕車簡從。問邊：訪問邊境。

③ 屬國：「典屬國」的簡稱。典屬國是秦漢時候的官名，負責外交事務，這裏代指使臣，也就是王維自己。居延：地名，在今甘肅省張掖市，這裏泛指西北邊塞。

④ 征蓬（粵 pung⁴〔平庸切〕普 péng）：隨風飄飛的蓬草，在這裏詩人把自己比作蓬草，漂泊無定。

⑤ 蕭關：古關名，又名「隴（粵 lung⁵〔壟〕普 lǒng）山關」，故址在今寧夏回族自治區固原市東南。候騎（粵 gei⁶〔技〕普 jì）：負責偵察、通訊的騎兵。

⑥ 都護：都護府是唐代負責邊境政務和防務的軍事機關，其長官叫「都護」。燕（粵）jin¹〔煙〕（普）yān）然：燕然山，即今蒙古國杭愛山。

【解讀】

開元二十五年（公元七三七年）春，唐兵大敗吐蕃。唐玄宗命王維以監察御史（掌監察百官）的身份察訪軍情，實際上是把他排擠出朝廷。這首詩就是寫於詩人前往邊塞的途中。

首聯用十個字來概述這次跋山涉水的萬里出訪，寫出了詩人內心的無奈和孤獨感。「單車」表明此次出使是輕車簡從，「過居延」說明路途遙遠，也暗示作者一步步遠離朝廷，這種反差奠定了全詩的孤獨氣氛。詩人雖然是身負朝廷使命的大臣，卻自比為「征蓬」，表達出無奈、寥落和鬱悶的情緒。遠離朝廷，遠離中土，和大雁一起去邊疆異域，這種離鄉而不得志的情緒貫穿了全詩。

至於景物描寫更是全詩最出色的地方，用塞外特有的景物入詩，烘托出蒼涼的大漠風光。尤其是「大漠孤煙直，長河落日圓」一聯，用一個「直」字寫出了塞外的荒涼乾涸，如同一幅靜止的畫面，「圓」字給人的感覺是溫暖卻又蒼茫。這兩句看似平淡，卻讓我們彷彿看到了漫無邊際大漠上的孤煙直上，一輪落日漸漸西下的生動場景，體現出詩人爐火純青的藝術技巧。

【文化知識】

大漠孤煙直，長河落日圓

《使至塞上》中頸聯兩句，自古都得到後世詩評者的極力稱讚。例如曹雪芹在《紅樓夢》中借小說人物香菱之口評價此詩：「『大漠孤煙直，長河落日圓。』想來煙如何直？日自然是圓的。這『直』

字似無理，『圓』字似太俗。要説再找兩個字換這兩個，竟再找不出兩個字來。」

至於清末民初的王國維，在《人間詞話》中這樣評價該聯：「『明月照積雪』（謝靈運《歲暮》）、『大江流日夜』（謝朓《暫使下都夜發新林至京邑贈西府同僚》）、『中天懸明月』（杜甫《後出塞五首》（其二））、『長河落日圓』，此種境界，可謂千古壯觀。」

王維寫詩，不但求字，更求意境，因此蘇東坡給予他「詩中有畫，畫中有詩」的評價，的確是非常中肯的。

【練習】

（參考答案見第 224 頁）

❶ 詩人奉命出使邊塞，可是詩歌中哪兩句説明了事實上並非如此風光？試簡單説明之。

❷ 為甚麼詩人將自己比喻為「征蓬」？

   ○ A. 因為詩人遠征吐蕃。   ○ B. 因為詩人無家可歸。

   ○ C. 因為詩人迷失方向。   ○ D. 因為詩人仕途漂泊。

❸ 詩歌頸聯中的「孤煙」和「落日」怎樣烘托出悲涼的氣氛？

   A）孤煙的「＿＿＿＿」寫出了＿＿＿＿＿＿＿＿＿＿＿＿＿＿＿＿；

   B）落日的「＿＿＿＿」帶出了＿＿＿＿＿＿＿＿＿＿＿＿＿＿＿＿。

❹ 分析《使至塞上》的格律，填寫下表。

格律		答案
全詩句數		A）
每句字數		B）
體裁名稱		C）
對仗	首聯	D）
	頷聯	E）
	頸聯	F）
	尾聯	G）
韻腳	第一句	H）
	第二句	I）
	第四句	J）
	第六句	K）
	第八句	L）

行路難（其一）

〔唐〕李白

【引言】

　　李白的才情文采固然值得欣賞，但編者更欣賞的是他面對逆境時，那種積極樂觀的心態。人生路就常像他詩中所形容那樣：「多歧路，今安在？」但我們面對困難時，又是否有着他那份終能到達彼岸的信心和盼望呢？

行路難（其一）①

〔唐〕李白

金樽清酒斗十千②，玉盤珍饈直萬錢③。
停杯投箸不能食④，拔劍四顧心茫然。
欲渡黃河冰塞川，將登太行雪滿山⑤。
閒來垂釣碧溪上⑥，忽復乘舟夢日邊⑦。

行路難！行路難！多歧路⁸，今安在⁹？

長風破浪會有時，直掛雲帆濟滄海⑩。

【作者簡介】

　　李白（公元七零一至七六二年），字太白，號青蓮居士，唐代詩人。祖籍隴西成紀（今甘肅省天水市），出生於西域碎葉城（今吉爾吉斯斯坦共和國境內），四歲隨父遷到劍南道綿州（今四川省江油市）。開元十二年（公元七二四年）離開四川，到各地遊歷。唐玄宗天寶初年，在知心友賀知章的推薦下，李白奉詔入京任職，後因得罪權貴，被迫離開長安。後來在安史之亂中，李白因受牽連被流放夜郎（今貴州省梓桐縣），中途得到赦免，於是折返，在長江中下游一帶遊歷，最後在當塗（在今安徽省馬鞍山市）病故。

　　李白傳世詩文千餘篇，有對自然風光的讚美，也有對黑暗現實的抨擊，還有對個人抱負的抒寫。其詩雄奇飄逸，俊逸清新，富有浪漫主義色彩，達到了內容與藝術形式的完美統一。與他齊名的杜甫盛讚李白的詩歌魅力，説他「筆落驚風雨，詩成泣鬼神」（《寄李太白二十韻》）。他的作品有着一種排山倒海、一瀉千里的氣勢，體現出盛唐詩歌氣勢充盈的特點。創作手法上，李白常將想像、誇張、比喻、擬人等手法綜合運用，從而營造出神奇絢（粵 hyun³〔勸〕普 xuàn）爛、瑰麗動人的藝術境界，因此被後人譽為「詩仙」。

【注釋】

① 《行路難》：樂府《雜曲歌辭》中的舊題，以此為題的詩歌大多描寫道路的艱難險阻和離愁別緒。李白以此舊題共寫了三首新作，寫於

天寶三載（公元七四四年），本篇為第一首。

② 樽：酒杯。斗：古代計量單位，一斗折合約十公升。十千：形容極為矜貴。

③ 珍饈（粵 sau¹〔修〕普 xīu）：珍貴的菜餚（粵 ngaau⁴〔淆〕普 yáo；飯菜）。直：通「值」，價值。

④ 投：拋擲。箸（粵 zyu⁶〔住〕普 zhù）：筷子。

⑤ 塞：堵塞。將（粵 zoeng¹〔張〕普 jiāng）：打算。太行：太行山，位處今日山西、河南、河北交界處。

⑥ 垂釣碧溪：傳說姜太公曾在磻（粵 pun⁴〔盤〕普 pán）溪（今陝西省寶雞市）垂釣，後來遇到周文王，受到周文王的禮遇，協助文王治理國家，並輔佐武王滅商立周。

⑦ 夢日邊：傳說商代賢相伊尹（粵 wan⁵〔韻〕普 yǐn）曾夢見自己乘船經過日月旁，不久他就被商湯所重用，當上相國。

⑧ 歧路：分岔路。

⑨ 今安在：現在要走的路在哪裏？安：疑問代詞，哪裏。

⑩ 長風破浪會有時，直掛雲帆濟滄海：表達出詩人的信心和希望，相信自己有朝一日終將實現安邦興國的理想。長風破浪：南朝宋代時，宗愨（粵 kok³〔確〕普 què）在少年時被叔父宗炳問及自己的志向，他說：「願乘長風破萬里浪！」宗愨長大後果然成為赫赫有名的大將軍。會（粵 wui⁶〔滙〕普 huì）：當，一定要。有時：有機會。時：時機。雲帆：比喻高高的帆船。濟：橫渡。

【解讀】

天寶元年（公元七四二年），唐玄宗召李白入宮，擔任翰林供奉。李白迫切地希望成就一番事業，可是入京後，不但沒有得到重用，反而受到權臣排擠，兩年後更被「賜金放還」，實際上是被迫離開長安。這首詩就是作於李白離開長安之後。

本詩表達了詩人政治失意之後，內心的矛盾和苦悶，眼前盡是名酒佳釀、山珍海味卻無法下嚥，手握利劍卻找不到目標，頓感失落和茫然。詩人運用了欲渡河卻冰封河道、想登山卻大雪封山等挫折場景，表現出內心難以排解的不如意。伊尹和姜太公都輔佐商湯和周王建立豐功偉業，詩人將他們的際遇來與自己比較，由此抒發了「行路難」的慨歎。然而，詩人並沒有一味消沉下去，反而在最後一句訴說了希望：有朝一日自己的才華和抱負都能得到施展。這種才氣充分表現出李白昂揚向上的樂觀個性。

【文化知識】

李白的舊題新作 ——《蜀道難》

　　除了《行路難》，李白很喜歡利用樂府舊題來創作新詩作，譬如家喻戶曉的《蜀道難》。

　　《蜀道難》是樂府舊題，屬於《相和歌·瑟調曲》，全詩二百九十四字，以山川之險言走蜀道之難，給人以迴腸盪氣之感，充分顯示了詩人的豐富的想像力和浪漫的氣質。詩中諸多畫面此隱彼現，無論是山之高（如「西當太白有鳥道，可以橫絕峨眉巔」）、水之急（如「下有沖波逆折之回川」）、林木之荒寂（如「但見悲鳥號古木，雄飛雌從繞林間。又聞子規啼夜月，愁空山」）、連峯絕壁之險（如「連峯去天不盈尺，枯松倒掛倚絕壁」），皆有逼人之勢，其氣象之宏偉，其境界之闊大，確非他人可及。正如清代詩評家沈德潛所盛稱：「筆勢縱橫，如虯（粵 kau⁴〔求〕普 qiú；有角小龍）飛蠖（粵 wok⁶〔穫〕普 huò；尺蠖蛾的幼蟲）動，起雷霆於指顧之間。」

【練習】

（參考答案見第 224 頁）

❶ 詩歌中哪兩句表現出「行路難」的「難」？試簡單說明之。

❷ 下列哪三位是《行路難》（其一）中所提及的主要歷史人物？
　　○ A. 周文王　　　　○ B. 宗愨　　　　○ C. 伊尹
　　○ D. 商湯　　　　　○ E. 宗炳　　　　○ F. 姜太公

❸ 承上題，這三位歷史人物有甚麼共通之處？這與詩人又有甚麼
　　分別？

❹ 「將登太行雪滿山」一句，在某些版本亦作「將登太行雪暗天」。
　　你較喜歡哪一個版本？為甚麼？

❺ 請寫出本詩的兩組韻腳，把答案填在括號內。
　　A)（　　　）、（　　　）、（　　　）、（　　　）、（　　　）、
　　　（　　　）和「難」
　　B)（　　　）和（　　　）

聞王昌齡左遷龍標遙有此寄

〔唐〕李白

【引言】

　　這是李白寫給一位被貶官的友人的惜別詩，但詩風毫不委婉，即使是離愁、傷感，也表達得豪邁瀟灑，真摯而不造作。讀他的詩，即使逆境也總讓人覺得爽朗，有着迎難而上的動力！

聞王昌齡左遷龍標遙有此寄[①]

〔唐〕李白

楊花落盡子規啼[②]，聞道龍標過五溪[③]。

我寄愁心與明月，隨風直到夜郎西[④]。

【注釋】

① 王昌齡（公元六九八至七五六年）：字少伯，盛唐著名邊塞詩人，與李白、王維等詩人交情深厚。天寶十二載（公元七五三年），王昌齡被貶為龍標（今湖南省洪江市）尉（掌管地方軍事的小官）。李白知道之後，就作了這首詩寄給他，表示惋惜和同情。遷：官職變動。古人以右為尊，以左為卑，所以把貶官稱為「左遷」。遙有此寄：遠遠地寄上此詩。

② 楊花：柳絮。子規：杜鵑鳥的別稱。

③ 聞道：聽說。五溪：雄溪、滿溪、潕（粵 mou⁵〔武〕普 wǔ）溪、酉（粵 jau⁵〔友〕普 yǒu）溪、辰溪五條溪流的總稱，都在湖南省西部，這反映了龍標的位置十分偏遠。

④ 隨風：一作「隨君」。夜郎：曾在雲南、貴州和四川一帶所建立的外族政權，在西漢時滅亡。

【解讀】

　　本詩抒發了詩人對好友王昌齡被貶龍標的同情和傷感，以及自己因而產生的愁緒。首句選擇漂泊無定的柳絮和啼鳴「不如歸去」的子規鳥為主要意象，渲染出飄零之感和離別之恨。接着描寫好友貶謫地的路途遙遠，加強了離別的傷感和惋惜。最後兩句直抒胸臆，將愁心交託給明月清風，希望千里之外的友人仍能感受到自己的惦念。全詩表達了詩人誠摯的友情和祝福，是寓情於景，情景相生的一篇佳作。

【文化知識】

子規鳥

　　根據《蜀王本紀》記載，周代末年，七國稱王，杜宇也據蜀稱帝，號「望帝」，望帝命宰相鱉（粵 bit³〔秘結切〕普 biē）靈治水，更仿先王禪位予鱉靈，而自己卻從此歸隱，死後精魂更化為杜鵑鳥。其妻子常常呼喚望帝回來，並説着「子歸！子歸！（你快回來吧！）」因此杜鵑鳥也稱為「子規（『歸』的轉音）」。子規鳥也常常啼叫着「不如歸去」，聲音淒切，因此後世文人經常以子規象徵離別、思念。

【練習】

（參考答案見第 225 頁）

❶ 詩歌中的「楊花」和「子規」象徵着甚麼？

　　A）楊花：即「＿＿＿＿＿」，＿＿＿＿＿＿＿＿＿＿＿＿＿＿＿＿＿＿＿。

　　B）子規：即「＿＿＿＿＿」，＿＿＿＿＿＿＿＿＿＿＿＿＿＿＿＿＿＿＿。

❷ 「過五溪」即意味着甚麼？

　　○ A. 龍標風景優美。　　　　○ B. 龍標位置偏遠。

　　○ C. 龍標水源充足。　　　　○ D. 龍標山路崎嶇。

❸ 詩歌最後兩句怎樣看出李白重視與王昌齡之間的友情？

❹ 找出本詩的韻腳，把答案填在括號內。

　　（　　　　）、（　　　　）和（　　　　　）

黃鶴樓

〔唐〕崔顥

【引言】

　　黃鶴樓是歷代文人墨客留名題字的勝地，但周遊列國的李白竟然沒有在此留下墨寶，所為何故呢？據聞是與崔顥這首七言律詩有關。現在就看看這首詩有何過人之處，竟可令詩仙卻步。

黃鶴樓

〔唐〕崔顥

昔人已乘黃鶴去[①]，此地空餘黃鶴樓。
黃鶴一去不復返，白雲千載空悠悠[②]。
晴川歷歷漢陽樹[③]，芳草萋萋鸚鵡洲[④]。
日暮鄉關何處是[⑤]？煙波江上使人愁[⑥]。

崔顥（粵 hou⁶〔浩〕普 hào）（約公元七零四至七五四年），唐朝汴（粵 bin⁶〔辮〕普 biàn）州（今河南省開封市）人，盛唐詩人。唐玄宗開元十一年（公元七二三年）中進士，有詩才，與王昌齡、高適、孟浩然等詩人齊名。崔顥秉性耿直，才思敏捷，早年的作品多寫豔情，後來到邊塞生活，詩風才變得雄渾奔放。現存詩四十餘首，明人輯有《崔顥集》。

【注釋】

① 昔人已乘黃鶴去：傳說三國時期蜀人費褘（粵 bei³ ji¹〔臂衣〕普 fèi yī）在黃鶴樓駕鶴成仙。

② 悠悠：久遠。

③ 晴川：陽光照耀下的平地。川：平原，平地。歷歷：清晰、分明的樣子。漢陽：武漢人習慣按「武漢三鎮」（武昌、漢陽和漢口）的說法，將長江以北、漢江以南地區稱為「漢陽」，這裏代指武漢。

④ 鸚鵡洲：位於湖北省武昌縣西南長江邊的一個沙洲小島。據《後漢書》記載，東漢黃祖擔任江夏太守時，曾在這裏大宴賓客，席間有人獻上鸚鵡，故稱此地為「鸚鵡洲」。

⑤ 日暮：黃昏時分。鄉關：故鄉家園。

⑥ 煙波：暮靄沉沉的江面。

【解讀】

本詩是一首懷古思鄉的傳世佳作。詩人登上黃鶴樓，遠眺長江景色，胸中情緒激蕩，全詩語言流暢，一氣貫通，是崔顥最著名

的作品。首句用人去樓空的場景來表現出世事多變，感慨頓生：千載之後，世間人事全都消逝，只有白雲晴空、山水草木和黃鶴樓依舊。最後兩句通過浩淼（粵 miu⁵〔秒〕普 miǎo；水流廣闊）的江景和朦朧的黃昏，寫出詩人客居在外的思鄉之情。

詩中的場景自然宏麗，感情真摯深切，情景交融，渾然天成。傳說李白登黃鶴樓時本想賦詩，但一看見崔顥這首詩，就說：「眼前有景道不得，崔顥題詩在上頭。」可見時人對崔顥此詩的推崇備至。

【文化知識】

黃鶴樓

我國「江南三大名樓」之一（另兩座是湖南省岳陽市的岳陽樓和江西省南昌市的滕王閣），故址在今湖北省武漢市武昌鎮蛇山的黃鵠（粵 huk⁶〔酷〕普 hú）磯（粵 gei¹〔機〕普 jī；江邊突出水面的岩石）上，始建於三國時期的吳國。傳說蜀國的費禕在這裏成仙，乘黃鶴而去，也有人說是古代仙人子安乘黃鶴路過這裏，故稱「黃鶴樓」。原樓歷經滄桑，屢毀屢建，更因一九五七年興建長江大橋而拆卸，至一九八五年才重建於附近的蛇山峯嶺上，可惜已非原樓。歷代詩人多有題詠，李白詩《黃鶴樓送孟浩然之廣陵》中一句「故人西辭黃鶴樓」所指的就是這裏。

【練習】

(參考答案見第 225 頁)

❶ 詩中「此地空餘黃鶴樓」和「白雲千載空悠悠」中的「空」，分別是甚麼意思？

　　○ A. 白白　騰出　　　　○ B. 空曠　白白

　　○ C. 白白　廣闊　　　　○ D. 騰出　空曠

❷ 請語譯頸聯「晴川歷歷漢陽樹，芳草萋萋鸚鵡洲」。

❸ 承上題，這兩句運用了哪兩種修辭手法？＿＿＿＿＿和＿＿＿＿＿

❹ 詩歌末的「愁」，所指的是哪種愁？試簡單說明之。

❺ 試找出本詩的韻腳，把答案填在括號內。

　　（　　　）、（　　　）、（　　　）和（　　　）

望嶽（其一）

〔唐〕杜甫

【引言】

詩聖杜甫的過人之處，不單在於他的文學修養，更令人折服的，是在坎坷際遇中，他仍能堅持理想，持守盼望，從沒有屈服於挫敗。他是怎樣通過歌詠泰山，去抒發這大志呢？

望嶽（其一）[①]

〔唐〕杜甫

岱宗夫如何？齊魯青未了[②]。

造化鍾神秀[③]，陰陽割昏曉[④]。

盪胸生曾雲[⑤]，決眥入歸鳥[⑥]。

會當凌絕頂[⑦]，一覽眾山小[⑧]。

　　杜甫（公元七一二至七七零年），字子美，自號「少陵野老」，唐代著名詩人。生於詩書世家，自幼受到家庭的薰陶，七歲就能作詩，有着出色的文學天賦。曾兩次參加進士考試，可惜都未能考取功名。天寶十四載（公元七五五年），安史之亂爆發，杜甫被叛軍俘虜，逃脫後投奔肅宗，授予左拾遺一職，主勸諫皇帝，故世稱「杜拾遺」，但始終沒有得到重用。他晚年棄官，輾轉各地，在朋友嚴武等人的幫助下，定居於成都浣（粵 wun⁵〔永滿切〕普 huàn）花草堂，期間擔任檢校工部員外郎，世稱「杜工部」。嚴武去世後，他離開成都，流浪各處，最終因貧病交加，在旅途中去世，終年五十九歲。

　　杜甫一生經歷坎坷，在作品中對自身的遭遇和社會的變遷多有描繪。他留下的一千四百多首詩，全面而生動地反映了唐代由盛轉衰的歷程，故被後人稱為「詩史」。在藝術上，他把律詩的創作提升到一個嶄（粵 zaam²〔斬〕普 zhǎn）新的境界，其詩風被概括為「沉鬱頓挫」，即是說他的作品感情深沉，飽含憂思，注重錘煉語言，既嚴守格律但又不被格律所束縛，達到至高的藝術水平。杜詩以關心社會民生疾苦為主要題材，而後人大都把杜詩視為寫作律詩的典範，因此杜甫也被尊為「詩聖」。

【注釋】

① 嶽：本指高山或山的最高峯，這裏特指「五嶽」——東嶽泰山、南嶽衡山、西嶽華山、北嶽衡山和中嶽嵩山。杜甫的《望嶽》一共寫了三首，本篇是第一首，描寫的是泰山。其餘兩首分別描寫華山和衡山。

② 岱：泰山的別稱。泰山位於今日山東省泰安市，是五嶽之首，所以

尊稱為「岱宗」。夫（粵 fu⁴〔符〕普 fú）：語氣助詞，無實義。齊魯：春秋時期諸侯國名，齊國在泰山以北，魯國在泰山以南，古人常用「齊魯」來指代現在的山東地區。未了：綿延不斷的樣子。了：完結。這句是說在齊魯大地上能夠遠遠望見青翠無邊的泰山，表現出泰山的巍峨雄偉，連綿不斷。

③ 造化：指大自然。鍾：聚集。神秀：形容山色秀麗。這句是說大自然把神奇秀美的景色都聚集在泰山這裏。

④ 陰陽：山朝向太陽的一面稱為「陽」，背向太陽的為「陰」。割昏曉：由於山高，天色的一昏一曉被分割在陰陽兩面。詩歌頷聯是寫詩人近望泰山所見的景色，突出了泰山的秀美和高聳。

⑤ 盪胸生曾雲：山高有層層厚雲，霧氣飄盪，人在其中，胸懷也隨之激盪。曾：通「層」，重疊。

⑥ 決：裂開。眥（粵 zi⁶〔字〕普 zì）：眼眶。入：使景物進入視野。歸鳥：歸巢的鳥。這句寫作者睜大眼睛凝視歸巢的鳥，看得入迷，連眼眶也快要裂開。

⑦ 會當：一定要。凌：登上。絕頂：山的最高處。絕：極。

⑧ 覽：登高眺望。

【解讀】

開元二十三年（公元七三五年），杜甫參加進士考試，落第而還，翌年，他到了兗（粵 yin⁵〔以免切〕普 yǎn）州（今山東省濟寧市），探望父親，從此開始了在山東、河南、河北一帶的遊歷。《望嶽》就是詩人遊覽泰山時所作的。

詩人在首聯以「遠眺」的角度，描寫泰山連綿不解，青青的顏色覆蓋了整片齊魯大地；到頷聯，詩人則以「近觀」的角度，仔細描寫泰山的秀美和高聳；至於頸聯，詩人繼續近寫山上的層雲和飛

鳥，以胸膛感受雲霧的搖盪，用眼睛看盡歸巢的飛鳥，極盡寫景之能事。最後一聯，詩人則以俯瞰的角度，記述自己登峯望遠，實際上是寫自己即使科舉落第，但仍能重拾信心，準備再闖高峯，胸懷天下之情躍然紙上。

這首詩是對泰山壯麗雄偉景色的讚美，行文之中，詩人本身的豪邁情懷也不可遏止地噴薄而出。青年時代的杜甫，心懷報效國家的崇高理想，因而其早年的作品也洋溢着蓬勃的朝氣和迎難而上、俯視羣山的氣概，感染力極強。

就詩歌本身而言，詩人的語言準確、傳神，新奇卻不生硬。「鍾」字賦予了大自然以人類的感情，彷彿泰山風景秀美是出於大自然的偏愛，把美景聚於此地；「割」本是人的動作，這裏用來寫景，形象地呈現出山陽、山陰景色分明的面貌；「夫如何」、「會當」的生動口吻，使作者意氣風發的精神面貌躍然紙上，如在眼前。全詩語言流暢，氣勢雄渾，顯示出詩人駕馭語言的高超技巧。

【文化知識】

山陰、山陽

習慣上，我國古人指稱不同的地理方位，常以太陽、山坡和河流為參考。我國地處北半球，山的南坡向陽，北坡背陰。河流在兩山之間的谷地，水的北岸即是山的南坡，所以山的南坡、河流北岸稱為「陽」；山的北坡、河流南岸稱為「陰」。例如「洛陽」，就是在洛水的北岸；又例如「淮陰」，就是在淮水的南岸。

【練習】

（參考答案見第 226 頁）

❶ 本詩首聯運用了哪種修辭手法？何以見得？這樣做有甚麼好處？

❷ 試分析頸聯的詞性，把答案填在括號內。

盪	胸	生	曾雲
決	皆	入	歸鳥
（ ）詞	（ ）詞	（ ）詞	（ ）詞

❸ 詩人從不同的角度，描寫在泰山所見景色。試就以下詩句，略加解釋詩人的描寫角度。

A）盪胸生曾雲，決眥入歸鳥：＿＿＿＿＿＿＿＿＿＿＿＿＿

B）會當凌絕頂，一覽眾山小：＿＿＿＿＿＿＿＿＿＿＿＿＿

❹ 找出本詩的韻腳，把答案填在括號內。

（   ）、（   ）、（   ）和（   ）

❺ 承上題，這是一首五言律詩，還是五言古詩？為甚麼？試簡單說明之。

春望

〔唐〕杜甫

【引言】

　　杜甫的詩作被尊為詩史，不但因其作品題材寫實，反映了大唐由盛入衰的歷史，更因在字裏行間，讀者可感受到他憂國憂民的情懷。杜甫仕途不順，一生漂泊，貧病交迫，但依然心懷天下，在動亂的世代，把民生民情一一記錄下來，「詩聖」之名實在當之無愧。

春望①

〔唐〕杜甫

國破山河在②，城春草木深③。

感時花濺淚④，恨別鳥驚心⑤。

烽火連三月⑥，家書抵萬金⑦。

白頭搔更短⑧，渾欲不勝簪⑨。

【注釋】

① 望：看見。本詩所寫的正是杜甫在春天所看見的京城凋零景象。

② 國破：國都被敵人攻陷。破：打破，攻破。山河：本指山和河，這裏比喻大唐國土。

③ 春：這裏作動詞用，指春天到來。

④ 感時：因看到混亂的時局而感傷，即「有感於時」。花濺（粵zin³〔戰〕 普jiàn）淚：指即使看到漂亮的花朵，也不禁流下眼淚。

⑤ 恨別：因與家人離別而怨恨。鳥驚心：因聽到羣鳥聚集時啼叫而心驚。

⑥ 烽火：古代敵人侵犯邊境時用來示報警的煙火，這裏代指戰爭。

⑦ 家書：家中寄來的信。抵（粵dai²〔底〕普dǐ）：比得上。

⑧ 白頭：白髮。搔（粵sou¹〔蘇〕普sāo）：用手抓（粵zaau²〔爪〕普zhuā）。因為詩人苦悶感傷，所以常常用手抓頭。

⑨ 渾（粵wan⁴〔雲〕普hún）：簡直，幾乎。欲：將要，快要。不勝（粵sing¹〔星〕普shèng）簪（粵zaam¹〔張三切〕普zān）：插不住髮簪。勝：經得起。

【解讀】

詩題「春望」，即是寫春天時所見到的凋零景物。這首詩寫於唐肅宗至德二載（公元七五七年）的春天。當時正值安史之亂，都城長安已經被安史叛軍攻破，杜甫先把家人安置在鄜（粵fu¹〔膚〕普fū）州（今陝西省富縣）避難，然後隻身前往靈武（今寧夏回族自治區靈武市），投奔剛剛即位的唐肅宗，途中卻被叛軍俘獲，帶到長安，所幸的是因官職卑微而未被囚禁，因此才能寫下長安淪陷後的凋零春景。

由於遭遇家國劇變，詩人在詩中飽含憂思，但又表達得含蓄而深沉。「山河在」三字雖似慶幸舊時景色還在，但深入一層看，卻

是指都城因戰亂而只剩下「山河」，失去了昔日的繁華景象。「草木深」是指城裏草木叢生，即使是在生機勃勃的春天，也顯得荒涼殘破。鮮花、飛鳥都是能夠給人帶來活力和愉悅的事物，而詩人看到它們，卻帶來無限傷感，尤其是看見羣鳥啼叫，就更觸發詩人對家人的思念，以「萬金」與家書相比，形象地體現了作者在戰亂中對家人的牽掛。懷着對國家、親人的深深憂慮，詩人滿心愁悶，讓本已花白的頭髮更加稀疏，展現出詩人飽經滄桑的慘痛形象。

這首五言律詩，是杜甫的代表作之一，在寫景中寄寓了深厚的感情，也體現詩人高超的藝術水準。「破」、「春」、「花濺淚」、「鳥驚心」等字詞的用法，是杜詩善於錘煉字句的體現，運用這些字眼為所寫景物賦予感情，顯得既委婉又深刻。此外，本詩嚴守格律，讀來卻並不生硬，反而流暢易明，為後世的律詩樹立了用字、格律上的典範。

【文化知識】

簪和釵

簪，既用以固定頭髮，也有裝飾作用，一般為單股（單臂），如果是雙股（雙臂），形似叉子，則稱為「釵（粵 caai¹〔猜〕普 chāi）」。

中國古時男女都會用簪來固定髮冠，亦有把筆當做簪，插在頭上，方便隨時記事，稱為「簪筆」。由於官吏佩戴官帽時，也會用簪加以固定，故古人常借用「簪」來指代官宦身份，如：簪紱、簪纓和簪笏，以比喻榮顯富貴。

至於「釵」，則為婦女用的髮飾。製作釵的原材料繁多，例如「金釵」是指金製的髮釵，亦比喻高貴的婦女；「荊釵」就是以荊枝為髮釵，同時比喻婦女樸素的服飾。由於釵有兩股，「分釵」便被借用來指夫妻分離，如「破鏡分釵」、「分釵斷帶」，就帶有這種意思。

【練習】

（參考答案見第 226 頁）

❶ 分析下列詩句中畫有底線的粗體文字的詞性和字義。

A）國破山河**在**

詞性：（　　　）詞　　　　字義：＿＿＿＿＿＿＿＿＿

B）城**春**草木深

詞性：（　　　）詞　　　　字義：＿＿＿＿＿＿＿＿＿

C）渾欲不**勝**簪

詞性：（　　　）詞　　　　字義：＿＿＿＿＿＿＿＿＿

❷ 有説《春望》嚴守格律，試分析之，把答案填在表格內。

格律		答案
對仗	首聯	A）
	頷聯	B）
	頸聯	C）
	尾聯	D）
韻腳	第一句	E）
	第二句	F）
	第四句	G）
	第六句	H）
	第八句	I）

❸ 或曰「感時花濺淚，恨別鳥驚心」二句中所「濺淚」、「驚心」的，並非杜甫本人，而是春花和羣鳥，你認同這個説法嗎？試簡單説明之。

④ 分析下列詩句所運用的修辭手法，把答案填在橫線上。

誇張　　　　對比　　　　借代

A）國破山河在 _____

B）烽火連三月 _____

C）家書抵萬金 _____

⑤ 詩歌尾聯「白頭搔更短，渾欲不勝簪」反映了詩人
（請選擇兩個正確的答案）

○ A. 身體非常虛弱。　　　　○ B. 為國事而煩心。

○ C. 年紀已經老邁。　　　　○ D. 已經沒有頭髮。

○ E. 要購買新髮簪。

茅屋為秋風所破歌

〔唐〕杜甫

【引言】

　　市民安居樂業是社會穩定的一大指標。昔日在安史之亂後，社會所出現「茅屋為秋風所破」的情景，固然令人心痛，然而，反思今天在「經濟穩定發展」但樓價不斷飆升的香港，居劏房者、露宿者，甚至是無家可歸者的數目不少，這情況是否更令人心酸、更需要改善呢？

茅屋為秋風所破歌[①]

〔唐〕杜甫

　　八月秋高風怒號[②]，卷我屋上三重茅。茅飛渡江灑江郊，高者掛罥長林梢[③]，下者飄轉沉塘坳[④]。南村羣童欺我老無力，忍

能對面為盜賊⑤，公然抱茅入竹去。脣焦口燥呼不得，歸來倚杖自歎息。俄頃風定雲墨色⑥，秋天漠漠向昏黑。布衾多年冷似鐵⑦，嬌兒惡臥踏裏裂⑧。牀頭屋漏無乾處，雨腳如麻未斷絕。自經喪亂少睡眠，長夜沾濕何由徹⑨？安得廣廈千萬間，大庇天下寒士俱歡顏，風雨不動安如山⑩！嗚呼！何時眼前突兀見此屋，吾廬獨破受凍死亦足⑪！

【注釋】

① 為：被。歌：歌行體。歌行為古代歌曲的一種形式，後來成為詩歌體裁。歌行體的音節、格律一般比較自由，形式上可採用五言、七言，甚至是雜言，富於變化，而且句數不限，以便詩人抒發感情，可以說是句式整齊的「自由體」詩，是古代詩文中極有特色的一類。這首詩作於唐肅宗上元二年（公元七六一年）八月，當時安史之亂還未平定。詩中的茅屋就是位於成都的浣（粵 wun⁵〔永滿切〕普 huàn）花草堂。

② 秋高：秋深。怒號（粵 hou⁴〔豪〕普 háo）：大聲吼叫，這裏指秋風猛烈，風聲響亮。

③ 掛罥（粵 gyun³〔券〕普 juàn）：懸掛。罥：掛。梢（粵 saau¹〔筲〕普 shāo）：樹枝末端，這裏指樹頂。

④ 沉塘坳（粵 aau³〔拗〕普 ào）：向下落到池塘裏或低窪地方。坳：山間的平地。

⑤ 忍能對面為盜賊：指村童竟然忍心這樣公然作賊。忍能：忍心如此。對面：當面。

⑥ 俄頃：不久，頃刻之間。定：停下。

⑦ 衾（粵 kam¹〔襟〕普 qīn）：被子。

⑧ 惡（粵 ok³〔案各切〕普 è）臥：睡相不好。裏：指棉被的內層。

⑨ 何由徹：如何才能等到天亮。徹：通，這裏指徹夜，通宵。

⑩ 安得：怎能得到。廣廈：寬敞的大屋。庇（粵 bei³〔臂〕普 bì）：保護。俱：全部。安：安穩。

⑪ 突兀（粵 ngat⁶〔訖〕普 wù）：高聳的樣子，這裏用來形容廣廈。見（粵 jin⁶〔現〕普 xiàn）：通「現」，出現。足：值得。

【解讀】

　　本詩描寫了風雨交加的秋夜，屋漏兼逢連夜雨的情景，真實地記錄了詩人在草堂生活的一個片段。全詩的場景感非常強烈，秋風將茅屋上蓋的茅草捲走，有些掛在樹頂，有些跌在地上，卻又被頑童搶走，而詩人年紀老邁，無力追趕。秋夜深寒，被褥卻僵冷如鐵，又逢秋雨連綿，本應是避風港的家卻頻頻漏雨，屋內沒有一處可穩睡一夜。這些場景疊加在一起，都將頹喪和苦悶推至極點。然而篇末詩人卻忽然展開聯想，以自身的生活體驗推己及人，把自己的困苦擱在一邊，盼能有庇護天下饑寒交迫之人的萬間廣廈。這種大膽的幻想全建立在詩人「先天下之憂而憂，後天下之樂而樂」的思想上，這非凡的博大胸懷，既贏得「詩聖」的美譽，也使作品散發出積極的浪漫主義光輝。全詩語言質樸，意象崢嶸（不平凡），雖然沒有刻意雕琢，但一波三折，跌宕（粵 dong⁶〔盪〕普 dàng）起伏有致。而詩人發自肺腑的深切情感，正是本詩扣人心弦的主要原因。

【文化知識】

杜甫草堂

　　杜甫草堂，在今四川省成都市西郊的浣花溪公園旁。唐肅宗乾（粵 kin⁴〔虔〕普 qián）元二年（公元七五九年），杜甫因安史之亂流亡成都，在友人嚴武的幫助下，於浣花溪旁蓋起了一所茅屋。詩人曾用「萬里橋南宅，百花潭北莊」（《懷錦水居止》（其二））來描述其位置。草堂本來沒有名字，因為杜甫曾居於此，所以後人稱為「杜甫草堂」，又因坐落浣花溪旁，故此稱為「浣花草堂」。

　　杜甫在此居住了四年，直到嚴武去世，才離開成都，輾轉流浪。在這四年期間，杜甫共寫了二百四十餘首詩歌，包括《草堂即事》、《懷錦水居止》、《茅屋為秋風所破歌》、《春夜喜雨》、《蜀相》、《絕句四首（其三）》、《江村》等，是一生創作的高峯期。

　　草堂屢次經歷戰火，現有建築大都為明孝宗弘治十三年（公元一五零零年）和清仁宗嘉慶十六年（一八一一年）所興建的，到一九五四年設立「杜甫草堂紀念館」，一九八五年正式改名為「杜甫草堂博物館」。

【練習】

（參考答案見第 227 頁）

❶ 分辨下列畫有底線的粗體文字的意思，把答案填在橫線上。

　　A）卷我**屋**上三重茅：＿＿＿＿＿＿＿＿＿＿＿＿＿＿＿＿

　　　　何時眼前突兀見此**屋**：＿＿＿＿＿＿＿＿＿＿＿＿＿＿

　　B）**安**得廣廈千萬間：＿＿＿＿＿＿＿＿＿＿＿＿＿＿＿＿

　　　　風雨不動**安**如山：＿＿＿＿＿＿＿＿＿＿＿＿＿＿＿＿

❷ 如果把詩歌分為起、承、轉、合四部分，可以怎樣劃分？每部分
內容如何？把答案填在表格內。

	起訖詩句	主要內容
起	從「八月秋高風怒號」，到「A)＿＿＿＿＿＿」	杜甫所居草堂 B)＿＿＿＿＿＿＿＿＿＿＿＿＿＿＿＿
承	從「C)＿＿＿＿＿＿」，到「D)＿＿＿＿＿＿」	村中頑童 E)＿＿＿＿＿＿＿＿＿＿＿＿＿＿＿＿＿＿
轉	從「F)＿＿＿＿＿＿」，到「G)＿＿＿＿＿＿」	風雨來臨時，H)＿＿＿＿＿，還有 I)＿＿＿＿＿＿＿
合	從「J)＿＿＿＿＿＿」，到「吾廬獨破受凍死亦足」	杜甫希望 K)＿＿＿＿＿＿＿＿＿＿＿＿＿＿＿＿＿＿

❸ 分析下列詩句所運用的修辭手法，把答案填在括號內。

A）八月秋高風怒號　　（　　　　）

B）高者掛罥長林梢，下者飄轉沉塘坳　　（　　　　）

C）布衾多年冷似鐵　　（　　　　）、（　　　　）

D）長夜沾濕何由徹？　　（　　　　）

❹ 詩歌最後一部分怎樣反映出杜甫被稱為「詩聖」並沒有過譽？

❺ 如果你是杜甫，你又希望香港的房屋問題可以怎樣解決，以幫助
低下階層的市民？

白雪歌送武判官歸京

〔唐〕岑參

【引言】

　　梨花如雪的情景，在古代固然由岑參來演繹。在上世紀三十年代的青島，十大美景之一的「登瀛梨雪」，也吸引了許多人去尋幽探勝：青島的登瀛有一大片梨子林，當梨花在春天盛開時，走在其中就如置身雪原……希望今天的梨林不會變成石屎森林吧。

白雪歌送武判官歸京①

〔唐〕岑參

北風卷地白草折，胡天八月即飛雪②。
忽如一夜春風來，千樹萬樹梨花開。
散入珠簾濕羅幕③，狐裘不暖錦衾薄④。

將軍角弓不得控⑤，都護鐵衣冷難着⑥。
瀚海闌干百丈冰，愁雲慘淡萬里凝⑦。
中軍置酒飲歸客⑧，胡琴琵琶與羌笛⑨。
紛紛暮雪下轅門⑩，風掣紅旗凍不翻⑪。
輪台東門送君去，去時雪滿天山路⑫。
山迴路轉不見君，雪上空留馬行處。

【作者簡介】

　　岑參（粵 sam⁴ sam¹〔忱心〕普 cén shēn）（約公元七一五至七七零年），原籍南陽（今河南省南陽市），後遷居江陵（今湖北省荊州市），唐代著名邊塞詩人。岑參的詩歌富有浪漫主義的特色，氣勢雄偉，想像豐富，誇張大膽，色彩絢（粵 hyun³〔勸〕普 xuàn）麗，造意新奇，風格峭（粵 ciu³〔俏〕普 qiào）拔。他擅長以七言歌行描繪壯麗多姿的邊塞風光，抒發豪放奔騰的感情，與同時代的邊塞詩人高適並稱「高岑」。岑參曾於嘉州（今四川省樂山市）當刺史，故被稱為「岑嘉州」。唐代的杜確編有《岑嘉州詩集》。

【注釋】

① 判官：官職名，是唐代節度使、觀察使一類官員的幕僚，由長官任
　　命，主要工作是協助長官處理事務。武判官：生平不詳，只知道是
　　安西北庭節度使封常清的幕僚。唐玄宗天寶十三載（公元七五四
　　年），岑參第二次出塞，充任封常清的判官，武判官即其前任，詩人

在輪台送他歸京，因而寫下了此詩。

② 白草：西域的一種牧草，秋天會變成白色。折：吹斷。胡天：西域的天空。

③ 珠簾：用珍珠串成或飾有珍珠的簾子。羅幕：用絲織成的帳幕，形容簾子、帳幕的華美。這句是說雪花飛進珠簾，沾濕羅幕。

④ 狐裘：狐皮做的衣袍。錦衾薄：絲綢被子顯得單薄，暗示天氣很冷。錦衾：絲綢做的被子。

⑤ 角弓：兩端用獸角裝飾的硬弓，一作「雕弓」。不得控：指天氣太冷，連角弓也凍得拉不開。控：拉開。

⑥ 都護：鎮守邊鎮的長官的泛稱，與上文「將軍」是互文。鐵衣：鎧甲。難着（粵 zoek³〔雀〕普 zhuó）：指鐵製的鎧甲冷得穿不下。着：穿着。

⑦ 瀚（粵 hon⁶〔汗〕普 hàn）海：沙漠。闌干：縱橫交錯的樣子。百丈：一作「百尺」，一作「千尺」，這裏是虛數，形容冰層很厚。這句是說大漠裏到處都結着厚冰。凝：凝聚，凝固。

⑧ 中軍：稱主將或指揮部。飲：宴請。歸客：歸京之客，即武判官。

⑨ 胡琴琵琶與羌（粵 goeng¹〔薑〕普 qiāng）笛：都是當時西域地區少數民族的樂器，這裏指飲宴時奏起了樂曲。

⑩ 轅門：軍營的門。

⑪ 掣（粵 zai³〔制〕普 chè）：拉，扯。凍不翻：軍旗被風往一個方向吹，給人以凍住之感。也有說法指紅旗因雪而凍結，連風也吹不動。

⑫ 輪台：地名，在今新疆維吾爾自治區米泉縣境內。天山：即祁連山，橫貫新疆東西兩端。

【解讀】

　　本詩是岑參邊塞詩的代表作，用熱情浪漫的筆法寫出了邊塞壯麗景色和極端天氣，歌頌了守邊將士們的刻苦和堅忍。全詩想像大

膽新奇，描寫奔放熱情，感情真摯，用一天的雪景變化記述了歡送使臣歸京的經過。

開篇寫西域的寒冷和艱苦，接着，詩人用一個新奇的比喻將大雪紛紛的場景渲染成浪漫的春色——「忽如一夜春風來，千樹萬樹梨花開」是全詩最富特色的一句，以雪白的梨花比喻漫天飛雪，以春暖花開的景色描寫冰封寒冬，這種帶有強烈反差的比喻使得全詩氣氛鮮活起來，也能從中感受到詩人內心並不是苦悶鬱結的，面對風雪入屋、衣被單薄、冰封百尺、愁凝萬里，詩人依然充滿着熱情。後半部分寫到送別，一方面「中軍置酒飲歸客，胡琴琵琶與羌笛」寫出了送別的隆重，另一方面「山迴路轉不見君，雪上空留馬行處」，也寫出了詩人與友人言別的惆悵心情。

岑參所寫的這首詩，雪景綺麗多變，筆力縱橫矯健，並且將外在雪景和內心情感融合在一起，是一篇不可多得的邊塞佳作。

【文化知識】

邊塞詩

唐代的邊塞詩中反映了盛唐時代積極進取的精神，代表詩人有李頎（粵 kei⁴〔其〕普 qí）、高適、岑參、王昌齡等。他們的大部分作品都塑造了邊塞健兒的英雄形象，既歌頌了從軍報國、建功立業的豪情壯志，表達出勝利的喜悅和戰敗的痛苦，但同時也反映了戰爭給安定生活帶來破壞。這些詩作既不乏開邊拓土的豪情，也有對和平的期望，還有對邊塞綺麗風光的描繪，是唐詩中極具藝術感染力的一類作品。

【練習】

（參考答案見第 228 頁）

❶ 分析下列詩句所用的修辭手法，把答案填在括號內。

A）千樹萬樹梨花開　　（　　　　）

B）瀚海闌干百丈冰，愁雲慘淡萬里凝　　（　　　）、（　　　）

C）輪台東門送君去，去時雪滿天山路　　（　　　）

❷ 詩人以「千樹萬樹梨花開」去描寫雪景，可以反映出詩人的甚麼情感？

❸ 下列哪幾句詩句反映了邊塞冬天的極度嚴寒？（可多選一項）

○ A. 忽如一夜春風來　　　　○ B. 將軍角弓不得控

○ C. 風掣紅旗凍不翻　　　　○ D. 都護鐵衣冷難着

○ E. 雪上空留馬行處　　　　○ F. 瀚海闌干百丈冰

❹ 詩人運用了哪幾種感官描寫來寫下這首詩？

A）＿＿＿描寫，例句：＿＿＿＿＿＿＿＿＿＿＿＿＿＿＿＿＿＿

B）＿＿＿描寫，例句：＿＿＿＿＿＿＿＿＿＿＿＿＿＿＿＿＿＿

C）＿＿＿描寫，例句：＿＿＿＿＿＿＿＿＿＿＿＿＿＿＿＿＿＿

❺「雪上空留馬行處」所指的是甚麼？你認為詩人當時的心情是怎樣的？

明　吳偉　灞橋風雪圖軸

酬樂天揚州初逢席上見贈

〔唐〕劉禹錫

【引言】

　　與初相識的朋友一見如故，並且以詩回禮，這種情懷和友誼大概在現代是少之又少吧。但在古時，通訊不發達，古人每次見面反而更有親切感，以文會友，以友輔仁，其力量絕不可輕視。

酬樂天揚州初逢席上見贈①

〔唐〕劉禹錫

巴山楚水淒涼地②，二十三年棄置身③。
懷舊空吟聞笛賦④，到鄉翻似爛柯人⑤。
沉舟側畔千帆過，病樹前頭萬木春⑥。
今日聽君歌一曲⑦，暫憑杯酒長精神⑧。

【作者簡介】

劉禹錫（粵 jyu⁵ sik³〔雨；送赤切〕普 yǔ xī）（公元七七二至八四二年），字夢得，彭城（今江蘇省徐州市）人，祖籍洛陽，曾任監察御史，唐代中晚期著名詩人，有「詩豪」之稱。劉禹錫的詩大都簡潔明快，風情俊爽，兼具哲人的睿智和詩人的摯情，極富藝術張力和雄渾氣勢。與柳宗元並稱「劉柳」，與韋（粵 wai⁴〔圍〕普 wéi）應物、白居易合稱「三傑」，與白居易並稱「劉白」。傳世有《劉賓客集》。

【注釋】

① 酬：答謝，用詩歌贈答。樂天：指白居易，其字樂天。見贈：指白居易送詩給劉禹錫自己，現在到詩人自己寫詩答謝白居易。

② 巴山楚水：古時四川東部屬巴國，湖南北部和湖北等地屬楚國。劉禹錫曾被貶到朗州（今湖南省常德市）、連州（今廣東省清遠市）、夔州（今重慶市奉節縣）等地做官，所以用「巴山楚水」指自己曾被貶謫的地方。

③ 二十三年：本詩作於唐敬宗寶曆二年（公元八二六年）。唐順宗永貞元年（公元八零五年）劉禹錫被貶為連州刺史，到寫此詩時，共歷二十二個年頭，因第二年才能回到京城，所以説「二十三年」。棄置身：指遭受貶謫的詩人自己。棄置：放棄，閒置不用。置：放置。

④ 聞笛賦：指西晉向秀的《思舊賦》。三國曹魏末年，向秀的朋友嵇（粵 kai¹〔溪〕普 jī）康、呂安因不滿司馬氏篡（粵 saan³〔傘〕普 cuàn）權而被殺害。後來，向秀經過嵇康、呂安的舊居，聽到鄰人吹笛，不禁悲從中來，於是作《思舊賦》，來表達對舊友的思念。

⑤ 翻似：倒像。翻：副詞，反而。爛柯（粵 o¹〔疴〕普 kē）人：指晉代人王質。相傳王質上山砍柴，看見兩個童子下棋，就停下觀看。等棋局結束，手中的斧柄（柯）已經腐爛。回到村裏，王質才知道已

過了一百年，同代人全都亡故。詩人用這個典故，暗示自己遭貶的時間很長，表現出對世事變遷的感慨，以及久別之後重回京城的生疏而悵惘的心情。

⑥ 沉舟：沉沒了的船隻。病樹：生病了的樹木。這都是詩人的自喻：船隻沉沒了，擱在水底，但旁邊已經有許多帆船經過；樹木生病了，但前頭已經有許多樹木在不斷生長爭春。詩人實際上想表示，自己雖然遭逢貶謫，但期間依然人才輩出，流露出豁達的思想。

⑦ 一曲：指白居易的詩《醉贈劉二十八使君》，詩人作此詩即是酬答白居易所贈的詩作。

⑧ 長（粵 zoeng² 〔掌〕普 zhǎng）精神：振作精神。長：振作。

【解讀】

　　唐敬宗寶曆二年，劉禹錫卸任和州（今安徽省和縣）刺史，返回東都洛陽，恰巧當時白居易也從蘇州回洛陽，兩位詩人就在揚州相遇。宴席上白居易寫了《醉贈劉二十八使君》，劉禹錫於是寫了本詩來酬答。詩歌內容豐富，感情充沛，一方面表達了詩人宦海沉浮的蹉跎和惆悵，另一方面也説出新事物終將取代舊事物的哲理。詩人雖然流露出悵惘的情緒，但總體的精神面貌還算是積極豁達的。

　　詩人一開篇就説自己被貶在外二十三年，如今回來已經是人事全非，「聞笛賦」和「爛柯人」兩個典故表達出一種恍惚而無措的惆悵情緒。然而詩人並沒有將這種頹喪的情緒持續下去，反而用兩句極富哲理的詩句表達出自己的達觀：沉船的旁邊還有許多新船啟航，病樹周圍無數的樹木仍然生機勃勃。詩人自比為「沉舟」和「病樹」，道出自己雖仕途不順，遭遇貶謫，但是對朝廷新人輩出，還是感到欣慰。這種眼界和胸懷都是難能可貴的。最後詩人感謝友人的贈詩，表示自己會振作精神，並不會因貶謫之往事而一蹶（粵 kyut³〔決〕普 jué）不振。詩情起伏跌宕，是酬贈詩中的佳作。

【文化知識】

酬贈詩

酬贈詩是古代文人用來交往應酬，或者贈給親友同人的詩作。

與今人靠酒肉交友不同，古人以詩交友，以詩言志，因此常常以詩歌結識朋友，朋友之間常常互相唱和，此謂之「酬唱」；而有所感受，有所表達，有所思念時，也常常贈詩給親友，以明其情志，此謂之「贈詩」，二者並稱為「酬贈詩」。酬贈詩的代表作有李白的《贈汪倫》、孟浩然的《望洞庭湖贈張丞相》、劉禹錫的《酬樂天揚州初逢席上見贈》、朱慶餘的《近試上張籍水部》、元稹的《酬樂天頻夢微之》等。

【練習】

(參考答案見第 228 頁)

❶ 如果從情感的角度出發，本詩歌可以怎樣劃分為兩部分？試完成下表。

	起訖詩句	內容	情感
第一部分	從「A)_____」，到「B)_____」	抒發C)_____	D)_____
第二部分	從「E)_____」，到「F)_____」	對於G)_____	H)_____

❷ 下列哪一項並非「聞笛賦」和「爛柯人」這兩個典故與詩人遭遇相似的地方？

　○ A. 物是人非　　　○ B. 重遇故人

　○ C. 時光飛逝　　　○ D. 遭逢不幸

❸ 你認為這首詩歌的基本精神是積極還是消極的？為甚麼？試簡單說明之。

❹ 古人常以酬贈詩與友人溝通，你又是以甚麼方法，向朋友表達你的情志？

劉禹錫像

賣炭翁

〔唐〕白居易

【引言】

　　古往今來，貪官污吏欺壓貧民的哀歌不絕。昔日被搶奪的可能是炭、絲綢等窮人賴以維生之物，今天因官商勾結而被掠奪的可能是土地、房屋、生活用品，但最令人憂慮的已非限於物質，而是心靈層面上的自由與空間。

賣炭翁

〔唐〕白居易

賣炭翁，伐薪燒炭南山中①。

滿面塵灰煙火色，兩鬢蒼蒼十指黑②。

賣炭得錢何所營③？身上衣裳口中食。

可憐身上衣正單，心憂炭賤願天寒④。

夜來城外一尺雪，曉駕炭車輾冰轍⑤。

牛困人飢日已高，市南門外泥中歇。

翩翩兩騎來是誰⑥？黃衣使者白衫兒⑦。

手把文書口稱敕⑧，迴車叱牛牽向北⑨。

一車炭，千餘斤，宮使驅將惜不得⑩。

半匹紅紗一丈綾⑪，繫向牛頭充炭直⑫。

【作者簡介】

　　白居易（粵 ji⁶〔二〕普 yì）（公元七七二至八四六年），字樂天，晚年又號「香山居士」，祖籍太原，生於河南新鄭，是唐代偉大的現實主義詩人。他的詩歌題材廣泛，形式多樣，語言平易通俗，有「老嫗（粵 jyu²〔瘀〕普 yù；老婦）可解」的說法，代表作有《長恨歌》、《賣炭翁》、《琵琶行》、《新樂府》組詩等。白居易重視詩歌的現實內容和社會作用，因而倡導「新樂府運動」，主張詩歌創作不能離開現實，必須取材於現實生活中的各種事件，語言要通俗易懂，內容要真實可信，能夠反映民生疾苦，即所謂「文章合為時而著，歌詩合為事而作」。白居易與元稹（粵 can²〔診〕普 zhěn）齊名，領導文學革新運動，故並稱「元白」。有《白氏長慶集》傳世。

【注釋】

① 伐：砍伐。薪：作燃料用的木材。炭：木材隔絕空氣加熱後燒成的
燃料。南山：泛指城南的山頭。

② 煙火色：被煙火熏黑的臉色。蒼蒼：斑白的樣子。

③ 營：謀求。這裏指謀生。

④ 心憂炭賤願天寒：雖然擔心天氣寒冷，但更擔心炭價便宜，所以希
望天氣再寒冷一點，這樣自己燒的炭就能賣個好價錢。

⑤ 曉：天亮的時候。輾：通「碾」，碾壓。轍：車輪滾過地面而留下的
痕跡。結冰地面堅硬，仍留有車轍，説明運炭車極重，賣炭翁工作
極為辛苦。

⑥ 翩翩：輕快灑脱的樣子。騎（粵 gei⁶〔技〕 普 jì）：本指馬匹，這裏借
指騎馬的人，即下文的太監。

⑦ 黃衣使者：指皇宮內負責採購的太監。白衫兒：指太監手下的爪牙。

⑧ 把：拿着。稱：聲稱。敕（粵 cik¹〔斥〕 普 chì）：皇帝的命令或詔書。

⑨ 迴：掉頭。叱（粵 cik¹〔斥〕 普 chì）：呼喝。向北：指返回皇宮。

⑩ 宮使：宮中的使者，即上文的「黃衣使者」。驅：趕着走。將：語氣
助詞，無實義。惜不得：捨不得。

⑪ 紗：輕軟細薄的絲織品。綾：薄而有花紋的絲織品。這句暗指賣炭
翁的酬勞不能抵禦寒冷的天氣。

⑫ 繫向牛頭充炭直：繫在牛頭上充當買炭的錢。直：通「值」，價格。
在唐代貿易中，絹帛等絲織品可以代替貨幣使用。當時錢貴絹賤，
半匹紗和一丈綾，比一車炭的價值相差很遠。這指出了官員用賤價
強奪民財。

【解讀】

全詩記敍了一位賣炭老翁如何辛苦地砍柴燒炭，又如何在天寒地凍的冬天運炭賣炭，卻被幾個太監以極其低賤的價錢將炭奪走的經過。詩人用精湛老練的敘述和生動的描摹，將老翁的卑微和辛勞，以及宮人的卑劣和冷漠刻畫得入木三分。尤其是詩中「可憐身上衣正單，心憂炭賤願天寒」一句，以老翁生理和心理上的衝突，寫出了底層百姓生活的不易，更激起讀者的同情。

全詩幾乎全用白描手法，半句議論也沒有發表，只是展現了整個故事，並在矛盾衝突的高潮中戛（粵 gaat³〔嫁發切〕普 jiá；突然）然而止，引人深思。

【文化知識】

新樂府運動

經歷安史之亂後，唐朝社會混亂、政治腐敗，有識之士目擊社會問題日趨嚴重，希望能藉由政治改良、以風氣推行等方式挽救日漸式微的國勢，如此想法反映在文壇上，則出現了「古文運動」與「新樂府運動」。

新樂府運動是唐代的一場詩歌革新運動，由白居易、元稹、張籍、王建等詩人所倡導。他們主張恢復古代的「采詩制度」，發揚《詩經》和漢魏樂府諷喻時事的傳統，使詩歌起到「補察時政」、「泄導人情」的作用，並強調以自創的新樂府題目詠寫時事。

白居易等詩人承繼了杜甫寫實的風格，試圖在詩中反映民生疾苦和社會現實弊端，即所謂「文章合為時而著，歌詩合為事而作」。然而此類型的創作不免會觸動到朝野權貴，因此在風氣的推展上並不順利，但是如此憂國憂民的精神，無論是在文學史或人道關懷上，都是難能可貴的。

【練習】

（參考答案見第 229 頁）

❶ 詩人並沒有運用下列哪一種人物描寫方法來描寫賣炭翁？

○ A. 外貌描寫　　　　○ B. 行為描寫

○ C. 語言描寫　　　　○ D. 心理描寫

❷ 承上題，分辨下列詩句所運用的人物描寫方法，然後略加說明，填寫下表。

詩句舉隅	所用人物描寫方法	說明
A）滿面塵灰煙火色，兩鬢蒼蒼十指黑	_____	描寫賣炭翁_____。
B）可憐身上衣正單，心憂炭賤願天寒	_____	描寫賣炭翁_____。
C）牛困人飢日已高，市南門外泥中歇	_____	描寫賣炭翁_____。

❸ 分辨下列詩句所運用的修辭手法，把答案填在括號內。

A）賣炭得錢何所營？身上衣裳口中食。　（　　　　）

B）黃衣使者白衫兒。　（　　　　）

C）一車炭，千餘斤……半匹紅紗一丈綾。　（　　　　）

❹ 賣炭翁的故事還沒有完結，你可以替白居易設計故事結局嗎？

錢塘湖春行

〔唐〕白居易

【引言】

　　西湖的美景至今仍吸引不少遊客到訪。大自然景色是上天的禮物，但若要像作者所説百看不厭、百行不足，後人對自然環境的愛惜十分重要，只有堅持保育，才有美景可續。這個道理不只在西湖，放諸四海皆準，譬如香港的郊野公園是香港市民的後花園，決不能為了一小撮人的所謂「居住權」而盲目開發。

錢塘湖春行

〔唐〕白居易

孤山寺北賈亭西①，水面初平雲腳低②。
幾處早鶯爭暖樹③，誰家新燕啄春泥。

亂花漸欲迷人眼④，淺草才能沒馬蹄⑤。

最愛湖東行不足⑥，綠楊陰裏白沙堤⑦。

【注釋】

① 孤山：位處西湖的裏湖、外湖之間，因不與其他山相連，故稱「孤山」。孤山寺：在孤山上，南朝陳文帝時所建，初名「承福寺」，宋代改名「廣化寺」。賈亭：又叫賈公亭。西湖名勝之一，為唐朝賈全所築。唐德宗貞元年間（公元七八五至八零五年），賈全出任杭州刺史，於錢塘湖建亭，人稱「賈亭」或「賈公亭」。

② 水面初平：湖水剛好同堤岸齊平，這是形容春天湖水剛漲起來的樣子。初：剛好。雲腳：接近地面的雲氣，多見於將雨或雨初停時。

③ 爭暖樹：爭着飛向向陽的樹。

④ 亂花：紛繁的花。欲：將要，就要。迷人眼：使人眼花繚亂。

⑤ 淺草：淺綠色的草。才能：剛好。沒（粵 mut⁶〔末〕 普 mò）：遮沒，蓋沒。

⑥ 湖東：指孤山以東的景色，即白沙堤。行不足：遊覽不夠。

⑦ 陰：同「蔭」，指樹蔭。白沙堤：即今「白堤」，又稱「沙堤」、「斷橋堤」，位處西湖東邊，在唐朝以前就已建成。白居易在杭州任刺史時所築的白堤，則在錢塘門外，是另一條。

【解讀】

　　唐穆宗長慶二年（公元八二二年）七月，白居易被任命為杭州刺史；敬宗寶曆元年（公元八二五年）三月出任蘇州刺史，所以這首《錢塘湖春行》應該寫於長慶三至四年間的春天。

詩人以孤山寺到白沙堤的小路為路線，描寫一路上的春景，描繪了西湖春日的迷人景色。詩人以一雙發現美的眼睛來觀賞生機勃勃的春色：早鶯爭暖、新燕啄泥、亂花迷眼、淺草沒蹄⋯⋯陶醉在大自然的美麗之中。全詩洋溢着生機和喜悅，是一篇寓情於景的佳作。

【文化知識】

白堤及蘇堤

　　杭州西湖的「白堤」和「蘇堤」是著名的遊覽勝地。白堤原名「白沙堤」，又稱「沙堤」，是為了儲存湖水灌溉農田而建，並把西湖分為裏湖和外湖。早在白居易在杭州任刺史時，白沙堤就以風光美麗著稱，現在仍吸引無數中外遊客。白居易任杭州刺史期間，在錢塘門外也曾修築過一條堤，當時稱為「白公堤」，今天已經無跡可尋了。

　　至於「蘇堤」是蘇軾任杭州知州時，因疏通西湖，而利用挖出的泥修築成的，後人為了紀念蘇軾治理西湖的功績，將它命名為「蘇堤」。「蘇堤春曉」在南宋時就被列「西湖十景」之首，可見風景之美。

【練習】

（參考答案見第 229 頁）

❶ 請找出詩歌中的五個韻腳。

❷ 承上題，上述韻腳是屬於平聲韻，還是仄聲韻？

❸ 詩中哪些句子印證了春天的錢塘湖生機勃勃？

❹ 承上題，根據上述句子所描寫的景物，可以得知詩人當時的心情是怎樣的？

❺ 詩中的「白沙堤」是指白居易任杭州刺史期間所興建的「白公堤」嗎？試簡單説明之。

清　吳歷　湖天春色圖

雁門太守行

〔唐〕李賀

【引言】

　　這首詩描寫戰場景況，然而敵軍當前，詩人仍輕鬆揮灑七色畫筆，要把眼前一刻描繪一番。字裏行間只見各色點綴，毫無畏懼之意，更充滿氣勢，使詩歌張弛有道，如此的戰爭詩句，實在少見。

雁門太守行①

〔唐〕李賀

黑雲壓城城欲摧②，甲光向日金鱗開③。

角聲滿天秋色裏④，塞上燕脂凝夜紫⑤。

半卷紅旗臨易水⑥，霜重鼓寒聲不起⑦。

報君黃金台上意⑧，提攜玉龍為君死⑨。

【作者簡介】

　　李賀（約公元七九零至八一七年），字長吉，福昌（今河南省洛陽市宜陽縣）人，家居昌谷，世稱「李昌谷」。李賀父名晉肅，古代與「進士」同音，李賀因避諱而不能參加進士科考試，不到三十歲就鬱鬱而終。李賀年少即有詩才，他的詩歌的最大特色是想像豐富奇特，語言瑰麗絢爛，擅長運用神話傳說和色彩鮮明的畫面來烘托氣氛，在詩中構築出一個充滿奇幻色彩的世界，代表作有《雁門太守行》、《李憑箜篌引》等。著有《昌谷集》。

【注釋】

① 《雁門太守行（粵hang⁴〔恆〕普xíng）》：古樂府曲調名。雁門：郡名，在今山西省西北部，是唐朝與北方外族突厥接壤的邊境地帶。太守（粵shou³〔瘦〕普shǒu）：郡的最高行政主管，始於秦漢，隋唐後的刺史、知府也別稱「太守」。

② 黑雲：厚厚的烏雲，比喻攻城敵軍的氣勢。摧：毀壞。

③ 甲：指鎧甲，戰衣。向日：有版本作「向月」。金鱗：形容鎧甲閃光如金色的魚鱗。

④ 角：古代軍中的一種吹奏樂器，多用獸角製成，也是古代軍中的號角，催人奮戰。

⑤ 燕脂：即「胭脂」，一種紅色化妝品。這句形容塞上的泥土紅得好像胭脂，在暮色中更濃豔得近乎紫色。實際是指戰場鮮紅色或近乎紫色的血跡。

⑥ 臨：到達，抵達。易（粵jik⁶〔亦〕普yì）水：河名，源出今河北省易縣。這裏借荊軻在易水與燕太子丹訣別，前往刺殺秦王的故事，描述戰爭的悲壯。

⑦ 霜重鼓寒：天寒霜降，戰鼓聲沉悶而不響亮。聲不起：形容鼓聲低
沉，並不高揚。

⑧ 君：國君，君王。黃金台：傳說戰國時代燕昭王築幽州台，放置千
萬黃金，以招攬各地有識之士。見陳子昂《登幽州台歌》之注釋。

⑨ 玉龍：指一種珍貴的寶劍，這裏泛指劍。

【解讀】

這是一首極具風情的邊塞詩。詩中出現的烏黑的厚雲、金色的
甲光、燕脂的血色、濃紫的血跡、鮮豔的紅旗和結着寒霜的戰鼓，
都是中原非戰爭地區少見的景色。李賀用他最擅長的顏色和聲音表
達，描繪出瑰麗奇幻的邊塞風光和動人心魄的戰爭場面。詩人還善
於營造氣氛，首句就寫出了戰事一觸即發的緊張感，而這種氣氛在
篇末得到進一步加強：以荊軻報燕、昭王築台的典故，寫出了邊塞
戰士報效國家，投身沙場的豪邁氣概。

【文化知識】

太守

太守又稱「郡（粵 gwan⁶〔跪問切〕普 jùn）守」，一般是掌理地方
郡級行政區之地方行政官。

戰國時部分諸侯國就開始設置郡守。當時，列國在邊境衝突地
區設立「郡」，作為行使軍政權力的特別政區，長官稱「守」、「郡
守」。設計並建造都江堰的治水能吏李冰，就曾經做過秦國蜀郡的郡
守。秦併六國後，廢除封建制度，在全國設立三十六郡，以郡守為
長官，由皇帝直接任免。

西漢改郡守為「太守」，其官位很高，往往列入公卿之列。王莽改太守為「大尹」，東漢恢復舊稱，其後分天下為十三州，長官為「牧」，太守遂在州牧之下。

南北朝時新增許多「州」，而郡所轄的範圍縮小，理論上州、郡差別不大。隋廢郡，以州領縣，太守之官遂廢。此後太守不再是正式官名，僅用作刺史或知府的別稱。宋代以後，亦雅稱知府、知州等官為太守。如歐陽修在《醉翁亭記》寫道：「太守謂誰？廬陵歐陽修也。」

【練習】
(參考答案見第 230 頁)

❶ 試找出詩中的着色詞，並分析其所描述的事物，填在表格內。

着色詞	所描述事物
A）	
B）	
C）	
D）	
E）	

❷ 詩歌還用上了聽覺描寫，詩人在詩歌中描述了哪兩種聲音，以加強戰爭的氣氛？

❸「句句押韻」是本詩的一大特色。找出詩歌中的韻腳，然後分辨
屬於平聲韻還是仄聲韻。

A）第一組：_____、_____屬於（　　　）聲韻

B）第二組：_____、_____、_____

_____、_____、_____屬於（_____）聲韻

❹ 承上題，本詩是哪一類格律詩？

❺ 詩中最後兩句所用的是哪一個典故？當中表達了甚麼情感？

赤壁

〔唐〕杜牧

【引言】

　　赤壁之戰向來為人所稱道，尤其孫劉聯軍火燒曹操水軍一幕，更是千古所傳頌的故事。當大家都將戰功歸予周瑜 —— 因為「火燒連環船」這計謀的設計者，其實是他而非諸葛亮 —— 的時候，詩人卻對孫劉戰勝提出了另一個原因 —— 歷史的偶然。不知道大家又是怎樣看此事的？

赤壁①

〔唐〕杜牧

折戟沉沙鐵未銷②，自將磨洗認前朝③。
東風不與周郎便④，銅雀春深鎖二喬⑤。

　　杜牧（公元八零三至八五二年），字牧之，號「樊（粵 fan⁴〔凡〕
普 fán）川」，京兆萬年（今陝西省西安市）人，唐代詩人。杜牧晚年
居長安南郊的「樊川別墅」，所以後世稱他為「杜樊川」，著有《樊
川文集》。世稱「小杜」，以與「老杜」杜甫分辨。杜牧在詩、文方
面的成就都十分傑出，他的詩作以七言絕句著稱，文辭清麗，意蘊
婉轉，尤其是懷古詩別出心裁，常常寄寓深沉的感懷。至於古體詩
則深受杜甫和韓愈的影響，十分注重詩歌形式與內容之間的關係，
故也有佳作。

【注釋】

① 《赤壁》：指在公元二零八年七月至十一月期間所爆發的「赤壁之
　　戰」。這場戰爭以北方的曹操及南方的孫、劉聯軍為對陣者，戰場則
　　位於今日湖北省赤壁市西北。

② 折戟（粵 gik¹〔激〕普 jǐ）沉（粵 cum⁴〔尋〕普 chén）沙：斷了的戟沒
　　入沙中。戟：古代的一種戈、矛合一的長柄武器。鐵未銷：指戟還
　　未銷蝕、生鏽。

③ 自：自行。將：拿起。認前朝（粵 ciu⁴〔潮〕普 cháo）：認出是赤壁之
　　戰的遺物。前朝：過去的朝代，即東漢末年。

④ 東風：赤壁之戰中，東吳火攻曹操軍營時需要借助東南風（因為當
　　時以吹北風為主），否則吳軍就不能讓火勢從南向北蔓延開去。周
　　郎：周瑜。

⑤ 銅雀：指曹操所築的銅雀台，裏面住着姬妾歌伎。二喬：大喬和小
　　喬，東吳喬公的兩位女兒，都是江東美女，大喬是孫策（孫權之兄）
　　的妻子，小喬是周瑜的妻子。這兩句指如果不是東風給予周瑜便
　　利，周瑜就不能以火破曹，大、小二喬更會淪為曹操的姬妾了。

【解讀】

　　這是一首懷古憑弔的詩。詩人在赤壁古戰場的黃沙中發現了一把舊戟,因而引發思緒,以一個全新、不同於前人的視角,來看待著名的赤壁之戰,體現了詩人與眾不同的歷史觀。詩人在詩中慨歎歷史的偶然和周瑜的僥倖,有別於向來認為周瑜是以才智與計謀贏得此仗的歷史觀,充滿對歷史的批判性反思。

【文化知識】

文、武赤壁

　　湖北省歷來有「文、武赤壁」之說。「武赤壁」位於今天湖北省東南部的赤壁市,是東漢末赤壁之戰的古戰場,又被後人稱為「周郎赤壁」。至於「文赤壁」位於今日湖北省東部的黃岡市。北宋神宗元豐二年(公元一零七九年),蘇軾因「烏台詩案」而被貶為黃州(今湖北省黃岡市)團練副使,負責地方治安。他誤以為當地的赤鼻磯就是赤壁古戰場,在這美麗的誤會下,遊覽時寫下了《前赤壁賦》、《後赤壁賦》、《念奴嬌·赤壁懷古》等千古名作,所以這裏又被稱為「文赤壁」或「東坡赤壁」。

【練習】

(參考答案見第 230 頁)

❶ 詩人運用了「觸物起興」的寫作手法來寫這首詩。試簡單説明當中所觸之「物」是甚麼,以及所起的「興」又是甚麼。

❷ 根據詩歌內容，下列哪兩項是赤壁之戰在缺乏東風下的結果？

　○ A. 那把戟會得以保存。　　　○ B. 大小二喬會被俘虜。

　○ C. 曹操將會統一全國。　　　○ D. 周瑜在戰役中大敗。

　○ E. 唐王朝未必會出現。

❸ 請找出本詩的韻腳。

❹ 有人說「英雄造時勢」，也有人說「時勢造英雄」，你較支持哪一種說法？試以《赤壁》一詩簡單說明之。

泊秦淮

〔唐〕杜牧

【引言】

在紙醉金迷的社會，紅男綠女，燈紅酒綠，一切皆以金錢、利益、物慾為上……在這樣的氛圍中，我們應該像詩中的商女一樣，與眾人皆醉，還是以杜牧為榜樣，對歪風加以批判而獨醒？

泊秦淮①

〔唐〕杜牧

煙籠寒水月籠沙②，夜泊秦淮近酒家。
商女不知亡國恨③，隔江猶唱後庭花④。

① 泊（粵 bok⁶〔薄〕普 bó）：停靠船隻。秦淮：即秦淮河，是「六朝古都」南京的繁華之地，也是達官貴人享樂的場所。發源於江蘇省大茅山與東廬山兩山間，經南京流入長江。相傳為秦始皇南巡會稽時開鑿的，用來疏通淮水，故稱秦淮河，亦叫「龍藏浦（粵 pou²〔普〕普 pǔ）」或「淮水」。

② 煙：煙霧。沙：這裏指秦淮河兩岸的河沙。

③ 商女：賣唱的歌女。亡國恨：這裏一語雙關，詩人表面指南朝陳代的亡國之恨，實際上是指唐王朝逐步走向滅亡的亡國之恨。

④ 後庭花：歌曲《玉樹後庭花》的簡稱。南朝陳後主陳叔寶沉溺於聲色，作《玉樹後庭花》與後宮美女尋歡作樂，因而耽誤政事，最終亡國，所以後世稱此曲為「亡國之音」。

【解讀】

　　這是詩人的一篇感懷之作，通過對環境氣氛的渲染，和陳後主作《玉樹後庭花》沉迷聲色的典故，表達出對晚唐時期陳腐靡（粵 mei⁴〔眉〕普 mí）爛的社會風氣的不滿和擔憂，當中的傷感深切，卻是弦外之音，是一篇寓情於景、情景交融的佳作。

【文化知識】

《玉樹後庭花》與張麗華

　　《玉樹後庭花》為南朝陳後主所作之歌曲，因最後兩句之內容，故稱《玉樹後庭花》，簡稱《後庭花》。因其音靡靡，加上陳國間接因此而覆滅，因此自古以來就被視為「亡國之音」。可惜此曲早已不

存，僅存其詞，原文如下：

> 麗宇芳林對高閣，新妝豔質本傾城。
>
> 映戶凝嬌乍不進，出帷含笑復相迎。
>
> 妖姬臉似花含露，玉樹流光照後庭。

本曲所寫的是陳後主的貴妃張麗華。張麗華本是歌妓出身，她髮長七尺，光可鑒人，陳後主對她一見鍾情，不但為她度曲填詞，更公然在朝堂之上把她抱在懷中、與朝臣共商國事。當時北方已經統一，隋文帝楊堅正積蓄兵力，統一天下，然而陳後主並不在意，還整天過着花天酒地的生活。陳後主在宮中興建「臨春」、「結綺」、「望仙」三閣，自居臨春閣，張麗華住結綺閣，龔、孔二貴妃則同住望仙閣，整日只做飲酒賦詩之事。陳朝最終敗於後主之手，亡於隋軍之下。

【練習】

(參考答案見第 231 頁)

❶ 詩中的背景地點「秦淮河」，所象徵的是甚麼？

❷ 詩歌中的「商女」是指
　　○ A. 從商的女子。　　○ B. 商朝的女子。
　　○ C. 姓商的女子。　　○ D. 賣唱的女子。

❸ 承上題，「商女」所象徵的又是甚麼？

❹ 請語譯詩歌的第三、四句。

❺ 詩人運用了觸景生情的手法，試簡單說明之。

杜牧像

夜雨寄北

〔唐〕李商隱

【引言】

所謂「春秋代序，陰陽慘舒，物色之動，心亦搖焉」（劉勰《文心雕龍·物色》），天氣的好壞的確會影響人的心情和思想。晴天時，你感到快樂；陰天時，你覺得鬱悶；颱風時，你感到興奮……那麼夜雨來臨時，你又會想起甚麼？是多年不見的朋友？還是在外工作的家人？

夜雨寄北①

〔唐〕李商隱

君問歸期未有期，巴山夜雨漲秋池②。

何當共剪西窗燭③？卻話巴山夜雨時④。

李商隱（約公元八一三至八五八年），字義山，號玉溪生、樊南生，唐代著名詩人，祖籍懷州河內（今河南省焦作市），生於滎（粵jing⁴〔形〕普xíng）陽（今河南省鄭州市）。世稱「小李」，以與「老李」的李白分辨，與杜牧合稱為「小李杜」。他一生仕途不順，因受當時牛李黨爭牽累，李黨王茂元將女兒嫁給李商隱，因而令他受到排擠，終身潦倒。他的詩歌和駢文文學價值甚高，尤其擅長近體詩，是晚唐最出色的詩人之一。李商隱的詩言辭清麗，意蘊深微，又好用典，「無題詩」是他的獨特代表，語言委婉，富於文采，寄託着深沉的情感。但同時由於用典過於隱晦，使其詩難於理解，成為美中不足之處。

【注釋】

① 寄北：寫詩寄給北方的好友。詩人當時在巴蜀（今四川省），其好友身處長安，所以説「寄北」。這首詩表達出詩人對好友的深切掛念。

② 巴山：即大巴山，位於陝西和四川交界處，這裏泛指巴蜀之地。漲秋池：指大雨使秋天池塘的塘水漲滿了。

③ 何當：何時能夠。剪燭：剪去燃焦的燭芯，使燭光繼續明亮，這裏形容在深夜秉燭長談。西窗：泛指詩人家裏西面的窗戶。

④ 卻：還，再。

【解讀】

這首詩被認為是詩人寄給好友或妻子王晏媄的，是一首十分動人的抒情短詩。詩人在短短四句中，一邊感慨歸家遙遙無期，一邊

想像重回故人身邊時秉燭夜話，重拾昔日溫馨場景。這種想像中的溫暖似乎給巴山綿綿不絕的淒風冷雨，鋪上了一層溫柔的光輝。而成語「西窗剪燭」亦由此而來，初指思念遠方的妻子，後來亦用於遠方的親友。

【文化知識】

李商隱與王晏媄

唐文宗開成二年（公元八三七年），李商隱在恩師令狐楚去世後，應涇（粵ging¹〔京〕普jīng）原節度使王茂元之聘，前往涇州（今甘肅省涇川縣）擔任其幕僚。

王茂元非常賞識李商隱，於是將女兒王晏媄（粵mei⁵〔美〕普měi）嫁給他。可是這頭婚事卻將李商隱拖入了牛李黨爭的政治漩渦中：原來王茂元與李德裕交好，被視為「李黨」成員；而恩師令狐楚卻屬於「牛黨」。因此，李商隱迎娶王晏媄就很輕易地被解讀為對剛去世的恩師（當然也包括「牛黨」）的背叛。

李商隱很快就為此付出代價。在唐代，取得進士資格一般並不會立即授予官職，還需要通過由吏部舉行的考試。開成三年春天，李商隱參加授官考試，結果在複審中被除名。不過，他並沒有後悔娶了王晏媄。他們婚後的感情很好，在李商隱的眼中，王氏是一位秀麗、溫和、體貼的妻子，而非其仕途的絆腳石。

（參考答案見第 231 頁）

【練習】

❶ 試解釋詩歌第一句中兩個「期」字分別所指的意思。
- ○ A. 期待　　　　　　　日期
- ○ B. 日期　　　　　　　確實日期
- ○ C. 確實日期　　　　　期待
- ○ D. 日期　　　　　　　期待

❷ 詩歌中第二句中的「漲」有着兩層意思，試簡單說明之。

❸ 詩歌第二、四句都出現了「巴山夜雨」，這裏運用了哪一種修辭手法？

❹ 每逢夜雨，你會想起甚麼人？為甚麼？

無題（相見時難別亦難）

〔唐〕李商隱

【引言】

聚散離愁總是詩。相見已難，離別亦難，然而重聚更難，還是三者皆如詩人所述——「相見時難別亦難」？

無題（相見時難別亦難）

〔唐〕李商隱

相見時難別亦難，東風無力百花殘①。

春蠶到死絲方盡，蠟炬成灰淚始乾②。

曉鏡但愁雲鬢改③，夜吟應覺月光寒④。

蓬山此去無多路⑤，青鳥殷勤為探看⑥。

① 東風：春風。由於春風多來自東面，故稱。

② 絲方盡：絲與「思」諧音，「春蠶到死絲方盡」意思是指除非死去，否則思念不會有盡頭。淚始乾：淚，指蠟燭燃燒時的蠟油，這裏一語雙關，指相思的眼淚要到化成灰才能流乾。

③ 曉鏡：早晨梳妝照鏡子。雲鬢（粵 ban³〔殯〕普 bìn）：女子多而美的頭髮，這裏比喻青春年華。

④ 應覺：這裏是作者設想對方的情景。月光寒：指夜漸深。

⑤ 蓬山：即蓬萊山，傳說中的海上仙山，比喻對方居住的地方，借指遙不可及、無路可通。

⑥ 青鳥：神話中為西王母傳遞音訊的信使。探看（粵 hon³〔漢〕普 kàn）：探望。

【解讀】

　　本詩是李商隱眾多《無題》詩之一，更是他的代表作之一。詩人模仿女子的語氣，抒發出深切的相思之情。其中「春蠶到死絲方盡，蠟炬成灰淚始乾」一句廣為傳誦。詩人通過諧音和雙關，以兩個絕妙的比喻，來訴說相思之苦和相思的情不自禁，難以斷絕。相思耗盡了女子的心血和青春，春蠶吐絲和燭淚成灰都極其形象地描述了相思之情對女子的折磨。接下來，女子擔心青春不再和夜深月冷的寂寞清寒，都渲染了相思淒苦的意境。最後用青鳥的典故，傳達出詩中人對相見遙不可及的希冀，回應首句的「別亦難」。

【文化知識】

李商隱與《無題》詩

我國古代詩歌中，常有以「無題」為題的詩篇。詩人之所以用「無題」為題，是因為不便或不想直接用題目來顯露詩歌的主旨。這種詩往往寄託着作者難言的隱痛、莫名的情思、苦澀的情懷、執着的追求等。說起古代無題詩代表人物，李商隱應該當之無愧。

根據今人劉學鍇（⑱ kaai⁵〔楷〕⑪ kǎi）和余恕誠合著《李商隱詩歌集解》裏所收詩歌的統計，可以確認李商隱以《無題》命名的詩歌，共有十五首，包括：

《無題》（八歲偷照鏡）

《無題》（照梁初有情）

《無題二首》（昨夜星辰昨夜風；聞到閶門萼綠華）

《無題四首》（來是空言去絕蹤；颯颯東風細雨來；含情春院晚；何處哀箏隨急管）

《無題》（相見時難別亦難）

《無題》（紫府仙人號寶燈）

《無題二首》（鳳尾香羅薄幾重；重帷深下莫愁堂）

《無題》（近知名阿侯）

《無題》（白道縈回入暮霞）

《無題》（萬里風波一葉舟）

由於種種原因，這些無題詩都是通過隱晦的筆觸，表現出一種微妙複雜的感情。事實上，正是這種一言難盡的情境，讓無題詩吸引眾多研究者，試圖解釋它們的真正含義，無奈卻沒有一個人的註解，能夠非常令人信服地闡明詩中的涵義。

【練習】

（參考答案見第 232 頁）

❶ 分析《無題》（相見時難別亦難）的格律，填寫下表。

格律		答案
全詩句數		A）
每句字數		B）
體裁名稱		C）
對仗	首聯	D）
	頷聯	E）
	頸聯	F）
	尾聯	G）
韻腳	第一句	H）
	第二句	I）
	第四句	J）
	第六句	K）
	第八句	L）

❷ 詩歌中的頷聯運用了哪些修辭手法，以表達主人翁的相思之苦？試簡單說明之。

A）春蠶到死絲方盡：＿＿＿＿＿＿＿＿＿＿＿＿＿＿＿＿

B）蠟炬成灰淚始乾：＿＿＿＿＿＿＿＿＿＿＿＿＿＿＿＿

❸ 下列哪一項不是「曉鏡但愁雲鬢改」中「雲鬢改」的意思？

　　○ A. 年華老去　　　　○ B. 美貌不再

　　○ C. 感情丟淡　　　　○ D. 時光飛逝

❹ 詩人在詩中運用了百花、春蠶、蠟炬等意象，來抒發離別之苦、相思之苦，如果是你，你又會用甚麼意象來表達這種情感？

清　費丹旭　執扇倚秋圖

相見歡（無言獨上西樓）

〔十國·南唐〕李煜

【引言】

最難排遣是寂寞。一彎明月，一座小樓，一位亡君，一種離愁。那種滋味，除了李煜自己，還有誰明白？

相見歡（無言獨上西樓）①

〔十國·南唐〕李煜

無言獨上西樓，月如鈎②。寂寞梧桐深院鎖清秋③。

剪不斷，理還亂④，是離愁。別是一般滋味在心頭⑤。

【作者簡介】

李煜（粵 juk¹〔旭〕普 yù）（公元九三七至九七八年），初名從嘉，字重光，號鍾隱，彭城（今江蘇省徐州市）人，南唐中主李璟的第六子，北宋太祖建隆二年（公元九六一年）繼位，世稱「李後主」。李煜在位期間，正值趙匡胤（粵 hong¹ jan⁶〔康孕〕普 kuāng yìn）取代北方後周，建立宋朝，南唐王朝岌岌可危。李煜雖心懷憂慮，卻治國無術，勉強靠進貢北宋維持十多年。後北宋攻破南唐，李煜降宋，受封「違命侯」，遷居北宋都城汴（粵 bin⁶〔辨〕普 biàn）京（今河南省開封市），最終在宋太平興國三年（公元九七八年）被宋太宗趙光義以牽機藥毒殺。

李煜的詞作以降宋為界，分為前、後兩個時期。前期作品多描寫宮廷生活，色彩豔麗，辭藻華美，風流浪漫；後期作品的藝術特色和思想內涵與前期的有着天壤之別，多為思念故國、感慨身世之作，情感真摯，言辭懇切，清麗和諧，歷來為後人稱頌。

【注釋】

① 《相見歡》：詞牌名，原為唐代教坊曲，又名《烏夜啼》、《秋夜月》、《上西樓》等。

② 西樓：指作者投降北宋之後被軟禁而居的小樓。鈎：同「鉤」。

③ 鎖清秋：被鎖在清冷的秋天之中。此句意為：院中寂寞的梧桐樹，落葉紛紛，這一切都被籠罩在清冷的秋天之中。

④ 理還亂：越理越亂，指離別故國的愁苦，無法剪斷，越理越亂。

⑤ 別是：一作「別有」。一般：一作「一番」。

【解讀】

　　這闋《相見歡》作於李煜降宋亡國之後，當時他被囚居在汴京的一座院落小樓裏。

　　上闋寫景，作者通過殘月、梧桐、深院等景物，描畫出一幅秋夜圖景，營造出冷清而傷感的氛圍。下闋抒情，故國已亡，作為亡君的自己，被鎖在深秋的院落之中，觸景生情，離愁別緒湧上心頭，無法抑制，卻又無處言說。篇末「在心頭」和篇首「無言」前後呼應，表達出作者的孤寂和無助，感人至深。

【文化知識】

詞

　　「詞」，源於唐而盛於宋，起初是隋唐以來在宴會上伴樂演唱的歌詞，後來逐漸成為一種長短句的詩體，故又稱為「詩餘」、「曲子詞」、「長短句」等。由於詞與音樂的密切關係，它的創作也有許多格式和聲律上的規定。「詞牌」即是曲調，也是詞的格式，規定了以此為基調的詞之字數、平仄和用韻，創作時必須嚴格遵循，所以寫詞也叫「填詞」或「倚聲」，指的就是把內容「填」進固定的音樂、節奏形式中。詞牌的命名有許多來源，有的是樂曲的名稱，如《菩薩蠻》：傳說唐宣宗年間，女蠻國的女使者到長安進貢，教坊（當時的宮廷音樂機構）為此譜曲，名為《菩薩蠻曲》，後來才演變為詞牌；有的詞牌是摘取最初一闋，或最出色一闋中的某幾個字，作為詞牌名，如《憶秦娥》得名於李白以此詞調創作的第一闋詞：「簫聲咽，秦娥夢斷秦樓月。」要注意的是，詞牌名並不是詞的題目，只是格式、調子的名稱，往往與詞作具體內容沒有關係。如蘇軾詞《念奴嬌・赤壁懷古》中，「赤壁懷古」是詞的題目，也概括了詞的內容，《念奴嬌》只是詞牌名，與內容並無聯繫。

【練習】

(參考答案見第 232 頁)

❶ 詞中的「無言」暗示了作者怎樣的處境？

❷ 「寂寞梧桐深院鎖清秋」所寫的是甚麼？

❸ 詞中的「離愁」所指的是甚麼？

❹ 分辨下列詞句所用的修辭手法。

　A）月如鈎

　B）寂寞梧桐深院鎖清秋

　C）剪不斷，理還亂

❺ 試分別找出詞中上闋和下闋的韻腳。

　A）上闋

　B）下闋

破陣子（四十年來家國）

〔十國‧南唐〕李煜

【引言】

國破家亡的感覺，現代人也許不常有，然而人生中的跌跌碰碰卻不時叫人垂淚。至於李煜——昔日風花雪月、苟且度日，今日倉皇別國、苦作囚徒，怎不叫人心酸？

破陣子（四十年來家國）[①]

〔十國‧南唐〕李煜

四十年來家國[②]，三千里地山河。鳳閣龍樓連霄漢[③]，玉樹瓊枝作煙蘿[④]，幾曾識干戈[⑤]？

　　一旦歸為臣虜⑥，沈腰潘鬢消磨⑦。最是倉皇辭廟日⑧，教坊猶奏別離歌⑨，垂淚對宮娥⑩。

【注釋】

① 《破陣子》：詞牌名，一名《十拍子》，源於唐教坊曲名《破陣樂》。唐《破陣樂》乃七言絕句，後以舊曲之名，另度製新配樂，漸變成詞牌名。

② 四十年來：南唐自建國（公元九三七年）到李煜出降，國祚僅三十八年。「四十」只是其約數。

③ 鳳閣龍樓：指帝王居住的地方。霄（粵 siu¹〔消〕普 xiāo）漢：天河。這句是指，帝王居住的宮殿高聳宏偉，都連接到天河。

④ 玉樹瓊（粵 king⁴〔鯨〕普 qióng）枝：形容樹木的形態美好，一作「瓊枝玉樹」。煙蘿：形容樹木茂盛，枝繁葉茂，如同被霧氣籠罩着。

⑤ 幾曾：幾時，何時。識干戈：識別干戈，意為遇到戰爭。干戈：盾和戈，泛指武器，借指戰爭。這句指李後主在位時，南唐還處於太平盛世。

⑥ 臣虜（粵 lou⁵〔老〕普 lǔ）：這裏指李煜降宋之後，被宋太祖封為「違命侯」，實際上是北宋的俘虜。

⑦ 沈：指南朝人沈約。據《南史‧沈約傳》載：「言已老病，百日數旬，革帶常應移孔。」後人用「沈腰」指代人漸漸消瘦。潘：指西晉的潘岳（即潘安）。他在《秋興賦》序中自言：「余春秋三十二，始見二毛。」二毛即白髮，後人用「潘鬢」指人中年白髮。

⑧ 辭廟：辭別宗廟，借指別國。李煜出降北宋之後，被帶到汴京，從此離開故國南唐。

⑨ 教坊：唐代設立、專門教習音樂的機構，這裏指南唐宮中的音樂機構。

⑩ 垂淚：流淚，一作「揮淚」。宮娥：泛指宮中的妃嬪、宮女等。

【解讀】

這是李煜出降北宋之後，感慨國破家亡和離別故國的作品，瀰漫着憂傷的氛圍。與李煜前期描寫宮廷宴飲和安逸生活的作品不同，這闋詞包含了作者的興衰感慨和真切傷痛，讀來十分感人肺腑。

詞的上闋主要描寫南唐建國四十年來的太平景況和宮中的安逸生活，「幾曾識干戈」形象地寫出作者一直生活在太平盛世中，從不知道戰爭為何物。下闋就轉而描寫南唐降宋之後的情景：作者辭別宗廟，由一國之君變為階下囚，國家滅亡的傷痛和對故國的思念，讓他日漸消瘦，鬢髮斑白。最後作者憶起離別故國、訣別宮娥時的場景，這就更加令人傷心。

這闋詞善取有代表性的景物和場面，上闋的「樂」與下闋的「悲」形成強烈反差，在對比中表達出作者的思念、傷心和悔恨，語言流暢，用語簡明而精當，具很強的藝術感染力。

【文化知識】

「詞」和「闋」

「詩」所用的量詞是「首」；至於「詞」，則多用「闋（粵 kyut³〔決〕普 què）」，用「首」亦可。闋，不但是詞的計量單位，也可以用作詞中段落的量詞，例如《相見歡》和《破陣子》皆分為兩段，可以分別稱為「上闋」和「下闋」，即第一段和第二段。

詞中「闋」的數量，也可以作為詞的分類標準。

　　如果只有一段，就叫「單調」；兩段為「雙調」；三段為「三疊」；最多只有四段，稱為「四疊」。此外，詞的體制，也可以以字數來分類：五十八字或以下為「小令」，五十九至九十字為「中調」，九十一字或以上為「長調」。

【練習】

（參考答案見第 233 頁）

❶ 「四十年來家國，三千里地山河」分別以甚麼角度來描寫南唐在破滅前的太平盛世？

　　_____和 _____

❷ 「幾曾識干戈」反映出李後主曾過着怎樣的生活？

❸ 詞的下闋又反映了李後主的甚麼遭遇？

❹ 根據本闋詞作的格式，填寫下表：

A）段落	共_____闋，屬_____
B）句數	共_____句
C）字數	共_____字，屬_____
D）韻腳	_____、_____、_____、_____、_____和_____

❺ 有説李後主在出降時，應該對祖廟慟哭、向百姓謝罪，而非聽教坊奏樂、向宮娥揮淚。你認為李後主的做法正確嗎？為甚麼？試簡單説明之。

漁家傲・秋思

〔北宋〕范仲淹

【引言】

　　滿懷理想地離鄉別井、到處闖蕩，了無成就豈能隨便回鄉？

　　范仲淹離家千里，出征邊塞，卻遲遲未有大功，反而屢被外放、調任，滿懷大志的他，何時方能回家？

漁家傲・秋思①

〔北宋〕范仲淹

　　塞下秋來風景異②，衡陽雁去無留意③。四面邊聲連角起④。千嶂裏⑤，長煙落日孤城閉。

濁酒一杯家萬里，燕然未勒歸無計⑥。羌管悠悠霜滿地⑦。人不寐⑧，將軍白髮征夫淚。

【作者簡介】

范仲淹（粵jim¹〔閹〕普yān）（公元九八九至一零五二年），字希文，蘇州吳縣（今江蘇省蘇州市）人，北宋初年政治家、文學家。宋仁宗康定元年（公元一零四零年），范仲淹在陝西任職「經略安撫招討副使」，抗擊西夏。慶曆三年（公元一零四三年），主持政治改革，史稱「慶曆新政」。可惜新政觸動保守派利益，遭到強烈反對，最後范仲淹、歐陽修等人都因而遭貶。皇祐三年（公元一零五二年），范仲淹在徐州（今江蘇省徐州市）病逝，謚（粵si³〔嗜〕普shì；古代君臣、后妃死後按其事跡、德行而給予的稱號）文正，世稱「范文正公」，又稱為「范文正」，有《范文正公文集》傳世。

【注釋】

① 《漁家傲》：詞牌名，始於北宋初年詞人晏殊詞「一曲神仙漁家傲」，是北宋時期流行的曲調。

② 塞下：邊塞，此處指西北邊疆。異：奇異，獨特。

③ 衡陽：今日湖南省衡陽市，傳說秋天北雁南飛，飛到衡陽才停下來。

④ 邊聲：邊塞的聲音，指邊塞獨有的外族樂器聲、戰場的戰馬聲和蕭蕭風聲等。角：號角，多用於召集士兵行軍。

⑤ 千嶂（粵zoeng³〔障〕普zhàng）：連綿不絕的高山。

⑥ 燕（粵 jin¹〔煙〕醫 yān）然未勒（粵 lak⁶〔六特切〕醫 lè）：抗擊西夏的
戰爭還沒有結束，還沒有破滅敵軍。燕然：山名，在今蒙古共和國
境內，泛指北方外族。勒：在石碑上刻字，記錄戰功，借指敵人已
擒，戰事結束。據《後漢書・竇憲傳》記載，竇憲抗擊匈奴，追擊
北單于（粵 sin⁴ jyu⁴〔誰言切；如〕醫 chán yú；匈奴族首領）到燕然山下，
在石碑上刻字記功，然後班師回朝。

⑦ 羌（粵 goeng¹〔薑〕醫 qiāng）管：羌笛，羌族樂器，這裏泛指邊塞的
樂器聲。

⑧ 寐（粵 mei⁶〔未〕醫 mèi）：睡着。人不寐：睡不着。

【解讀】

　　范仲淹傳世詞作共五闋，這闋詞創作於他調任經略副使，抗擊
西夏叛亂期間，時為公元一零四零年。作者通過描寫邊塞戰場淒冷
蒼涼的秋景，展現出壯闊的邊塞風光，並借此抒發思念家鄉之情，
同時委婉批評戰爭給人民帶來的禍害。

　　詞的上闋着重描寫邊塞秋景的「異」：北雁南飛，邊聲不斷，
千山延綿，孤城落日。這種對邊塞景色的描繪和對氛圍的營造，完
全不同於前代的綺麗詞風，可以看作宋代豪放詞風的先聲。詞的下
闋，由寫景過渡到抒情，寫邊塞戰士們思鄉卻苦於戰爭沒有結束，
無法回家，因此夜不能寐，留下的只有白髮和思淚。作者通過描寫
軍中將領和戰士的見聞、舉動和心理，展現出戰爭帶給人民的苦
難。「征夫」一句，不僅正面寫戰士的鄉愁，更側面寫出家鄉的妻子
親人對遠征將士的思念，筆法簡練，意蘊豐富。

【文化知識】

西夏

　　西夏是由党項族所建立的國家，國號「大夏」，由於位處中國西北部，故此史稱「西夏」。

　　党項族原居四川，唐朝時遷居陝西北部，先後臣服於唐朝、五代諸朝與北宋。由於北宋吞併其根據地 —— 夏州，党項族因而採取連遼抵宋的國策，與北宋對抗。直到公元一零三八年（宋仁宗景祐五年），李元昊（粵 hou⁶〔浩〕普 hào）正式稱帝，建立「大夏」，是為夏景宗。

　　起初，西夏頗有實力，與宋、遼形成三國鼎立的局面。可是夏景宗去世後，大權掌握在太后與母黨手中，繼而出現皇族與母黨對峙的內亂，國力大不如前。加上蒙古帝國的崛起，令西夏與金朝斷交，繼而自相殘殺。最後西夏在一二二七年亡於蒙古，國祚一百八十九年。

【練習】
（參考答案見第 233 頁）

❶ 詞作首句中的「異」，表面上是寫甚麼？

❷ 承上題，這個「異」字實際上反映了作者怎樣的心態？

❸ 詞作上闋的「孤城閉」與下闋的「歸無計」，有着甚麼關係？

❹ 「征夫淚」所寫的是甚麼人？

_____和_____

❺ 找出本詞中的韻腳，把答案填在括號內。

A) 上闋：(　　)、(　　)、(　　)、(　　) 和 (　　)

B) 下闋：(　　)、(　　)、(　　)、(　　) 和 (　　)

C) 本詞的韻腳屬於 (　　) 聲韻

浣溪沙（一曲新詞酒一杯）

〔北宋〕晏殊

【引言】

　　桃花依舊，人面全非。花開花落，燕去燕歸，獨剩詞人在小徑徘徊，懷念逝去韶華。你又曾否獨步小徑，思索青春年華、緬懷舊事故人？

浣溪沙（一曲新詞酒一杯）①

〔北宋〕晏殊

　　一曲新詞酒一杯，去年天氣舊亭台②。夕陽西下幾時回③？

　　無可奈何花落去，似曾相識燕歸來④。小園香徑獨徘徊⑤。

晏（粵 aan³〔阿贊切〕普 yàn）殊（公元九九一至一零五五年），字叔同，撫（粵 fu²〔苦〕普 fǔ）州臨川（今江西省進賢縣）人，北宋前期婉約派詞人，詞作多描寫官場宴飲、歌舞昇平、男歡女悦和離愁別緒，詞風清麗婉轉。有《珠玉詞》傳世。晏殊一生顯貴，歷任重要職位，官至宰相，以鼓勵文學後進著稱，范仲淹、歐陽修等人都曾得到他的提攜。

【注釋】

① 《浣（粵 wun⁵〔永滿切〕普 huàn）溪沙》：詞牌名，原為唐代教坊曲，名稱取自春秋時期西施曾在溪邊浣紗的故事。
② 新詞：剛填好的詞。去年天氣舊亭台：眼前的天氣景色和亭台樓閣，都和去年此時的一樣。
③ 幾時回：甚麼時候再回來。
④ 無可奈何：不得已，沒有辦法。似曾相識：好像認識。這兩句的意思是：暮春時候，雖然對花兒凋謝感到無可奈何，可是那似曾相識的燕子卻歸來，留在這裏了。
⑤ 小園香徑（粵 ging³〔莖〕普 jìng）：園裏的花間小路。徘徊（粵 pui⁴ wui⁴〔賠回〕普 pái huái）：來回地走。

【解讀】

這闋詞是晏殊最有名的詞作之一，看似傷春，實際是借景抒情，傳達自己對時光和對人生的感慨，借此抒發內心的情懷。詞作以「一曲新詞酒一杯」開首，讓人覺得輕快靈動，繼而感慨天氣和

亭台樓閣都與去年一樣，只是作者自己已經變了，曾經發生在這亭台樓閣間的故事亦已經變了。作者通過不變之物，來襯托世事的容易改變，表達時光的不可逆轉和抒發對過去的懷念。作者緊接發出「夕陽西下幾時回」的感歎，表面上是在寫夕陽，其實是以夕陽比喻過去的美好事物。但美好的事物總是短暫易逝的，詞人藉着這夕陽，將前文營造的輕快氛圍一變而為傷感，令人陷入對美好過去的緬懷之中。

下闋開首兩句歷來為後人所稱道。「無可奈何」承接上文的世事易變，花落、春逝都是無可奈何的，時光的流逝亦然，可是「燕歸來」卻在「無可奈何」的傷感中帶來一絲安慰：雖說春花已逝，可是燕子卻飛回來了。燕子和花兒都是美好事物的象徵，詞人藉此訴說，雖然美好事物的消逝無法挽回，可是同時也會有其他美好事物相繼出現，這與前文「幾時回」相呼應，使得全詞的情感在惋惜和欣慰中交織起來，變得立體而真實。這種複雜的情緒難以排解，作者只好獨自在花園小路上徘徊、沉思。

晏殊這闋小令，看似平淡無奇，卻又清麗脫俗，營造出典雅、含蓄的韻味。

【文化知識】

花間派與晏殊

作為北宋初期的宰相及婉約派詞人，晏殊的詞作多寫官場宴飲、歌舞昇平、男歡女悅、離愁別緒，這或多或少都是受到花間派詞作的影響。花間派是指五代十國詞集《花間集》所收錄詞家的流派。代表人物有溫庭筠、韋莊、張泌等。一般認為花間派起源於唐末溫庭筠，而繁榮於五代十國時的後蜀。因為跨越多個時代，嚴格意義上講並不能成為一派。不過，一般人認為花間派是詞這種文學形式，由民間歌曲過渡到文人創作所經歷的形態。

《花間集》內容多為兒女豔情、離思別緒、綺情閨怨；體制多為小令，不過五六十字，沒有題目，僅有詞牌名；風格溫柔婉轉，婉約含蓄，以濃豔華美為主，偶有清新典麗之作。

　　由於北宋自開國始的數十年間國力尚算強大，邊患並不頻繁，國家還沉浸在歌舞昇平當中，因此這段時期的詞作上承《花間集》的風格，一樣綺麗華美，但也開始開拓新意象、新視野，當中最突出的詞人就是晏殊。

【練習】
(參考答案見第 234 頁)

❶ 上闋「夕陽西下幾時回」表達出作者的甚麼心態？

❷ 請語譯「無可奈何花落去，似曾相識燕歸來」。

❸ 承上題，為甚麼說這兩句把作者的悲觀扭轉了？

❹ 根據詞作的格式，填寫下表：

A）段落	共_____闋，屬_____
B）句數	共_____句
C）字數	共_____字，屬_____
D）韻腳	_____、_____、_____、_____和_____

❺ 你認為晏殊這闋《浣溪沙》是無病呻吟之作嗎？為甚麼？試簡單說明之。

登飛來峯

〔北宋〕王安石

【引言】

　　所謂「人望高處，水向低流」，可是除了摩天大廈辦公室，和豪宅高層複式單位，我們該努力往何處高攀？

登飛來峯[①]

〔北宋〕王安石

飛來峯上千尋塔[②]，
聞說雞鳴見日升[③]。
不畏浮雲遮望眼[④]，
自緣身在最高層[⑤]。

　　王安石（公元一零二一至一零八六年），字介甫，號半山，撫州臨川（今江西省臨川市）人，北宋著名政治家、文學家，「唐宋八大家」之一。宋神宗熙（粵 hei¹〔希〕普 xī）寧三年（公元一零七零年）擔任宰相，主持「熙寧變法」，推動北宋政治經濟改革。可是變法遭到保守派和利益集團極力反對，使得變法舉步維艱，更引發長達數十年的新舊黨派爭鬥。熙寧九年（公元一零七六年），王安石再度罷相，退居江寧（今江蘇省南京市），最終於公元一零八六年（宋哲宗元祐元年）病逝江寧。王安石死後，被追封為荊國公，世稱「王荊公」，有《臨川先生文集》傳世。

　　王安石一生致力於政治改革，所以其文學作品注重務實。他亦主張文學要有用於世間，所以他的散文邏輯嚴密，講理透徹。王安石的前期詩文以反映政治和社會現實為主，詩句往往飽含人生哲理和自己的理想抱負；後期退出政壇，作品多描寫安逸閒靜的生活，詩風清雅。

【注釋】

① 飛來峯：指越州（今浙江省紹興市）城南的飛來山，唐宋時山上建有應（粵 jing³〔幼姓切〕普 yìng）天塔。古代傳說此山自琅琊（粵 long⁴ je⁴〔郎爺〕普 láng yá）郡東武縣（今山東省諸城市）飛來越州，所以命名為「飛來峯」。

② 千尋：古代以八尺為一尋，折合約二點四米。「千尋」是虛數，形容高聳。千尋塔：極高的塔，此處指應天塔。

③ 聞說：聽說。

④ 不畏：不害怕。浮雲：這裏比喻為奸臣小人。

⑤ 緣：因為。

【解讀】

本詩作於王安石三十歲左右。當時他踏入政壇不久，滿懷壯志，某次途經紹興，登上飛來峯應天塔，俯視羣山，心懷感觸，於是寫下這首詩。

詩歌從第一句到最後一句都是在描寫「高」：飛來峯高聳入雲、應天塔高大宏偉和自己高瞻遠矚。從北方「飛來」紹興的飛來山，本已很高，山上還有一座高千尋的應天塔，以此表現應天塔之極高，幾可入雲。可是這些所謂的「高」，都不如自己 —— 王安石登上千尋塔的最高層，所在位置才是最高的。為了突出自己所處位置的高，除了正面描寫山和塔，詩人還提到不怕浮雲遮擋視線，來説明自己站得很高。

詩人通過這個看似簡單的場景，一方面傳達出一個簡單而深刻的哲理：站得高望得遠；另一方面更意味着詩人有自信登上政壇的最高峯，俯視天下，指點江山。即使在通向最高層的路上有「浮雲」的阻力和遮蔽，卻依然無法阻擋詩人的熱誠，無法動搖詩人的信念。

通觀全詩，詩人情致高昂，意氣風發，洋溢着豪情壯志，又不乏人生理趣，展現出詩人昂揚向上的精神風貌。

【文化知識】

尋常

今天我們常用的「尋常」一詞，其實是來自古代的長度單位。古代典籍中有「五尺為墨，倍墨為丈；八尺為尋，倍尋為常」的説法，可見墨、丈、尋、常都曾是長度單位。「尺」是古今沿用最久的長度單位，但歷代「尺」的具體長度不一，周秦漢魏時期，一尺的長度大約是二十至二十五厘米，唐代為三十厘米，後來逐漸增長，今天內地的「市尺」約為三十三厘米。比尺長的單位，除了墨、丈、

尋、常外，還有引（百尺為引）、仞（八尺為仞）等，比尺短的有寸（十寸為尺）、分（十分為寸）、厘（十厘為分）、毫（十毫為厘）等，要留意的是，歷代的換算方式和具體長度都略有差異。

【練習】

（參考答案見第 234 頁）

❶ 根據詩歌內容，飛來峯、應天塔和詩人自己，哪一項是最高的？為甚麼？

❷ 下列哪兩項是詩歌想表達的主要訊息？
　　○ A. 詩人經常登樓望遠。
　　○ B. 詩人不怕朝中佞臣。
　　○ C. 詩人有志踏入政壇。
　　○ D. 詩人自信位極人臣。
　　○ E. 詩人喜歡欣賞山景。

❸ 分辨下列詩句中畫有底線的粗體文字，所運用的修辭手法及其好處。

　　A）飛來峯上**千尋**塔　　手法：＿＿＿＿　好處：＿＿＿＿＿＿＿＿＿

　　＿＿＿＿＿＿＿＿＿＿＿＿＿＿＿＿＿＿＿＿＿＿＿＿＿＿＿＿＿＿＿

　　B）不畏**浮雲**遮望眼　　手法：＿＿＿＿　好處：＿＿＿＿＿＿＿＿＿

　　＿＿＿＿＿＿＿＿＿＿＿＿＿＿＿＿＿＿＿＿＿＿＿＿＿＿＿＿＿＿＿

❹ 你也有過登高遠望的經驗嗎？情景是怎樣的？當時你又有甚麼感想？

江城子·密州出獵

〔北宋〕蘇軾

【引言】

　　人老心不老，快將四十的蘇東坡，經歷多次貶官外放，尚且勇猛如此。年青的你又如何？

江城子·密州出獵[①]

〔北宋〕蘇軾

　　老夫聊發少年狂[②]，左牽黃，右擎蒼[③]，錦帽貂裘，千騎卷平岡[④]。為報傾城隨太守[⑤]，親射虎，看孫郎[⑥]。

　　酒酣胸膽尚開張[⑦]，鬢微霜，又何妨[⑧]？

持節雲中，何日遣馮唐⑨？會挽雕弓如滿月⑩，西北望，射天狼⑪。

【作者簡介】

蘇軾（粵 sik¹〔色〕普 shì）（公元一零三七至一一零一年），字子瞻（粵 zim¹〔尖〕普 zhān），號「東坡居士」，眉州眉山（今四川省眉山市）人，北宋著名文學家，亦為「唐宋八大家」之一。蘇軾出生於書香世家，從小受到良好的教育，在散文、詩詞、書法、繪畫等方面都有突出成就。在散文方面，與父親蘇洵（粵 seon¹〔殉〕普 xún）、弟弟蘇轍並稱「三蘇」；在詩歌方面，與黃庭堅並稱「蘇黃」；在詞方面，與辛棄疾並稱「蘇辛」，成就至鉅。

可惜蘇軾仕途不順，幾次遭到貶謫，甚至因「烏台詩案」而入獄，心情難免低落，但他本人心胸開闊豁達，所以其作品常表現出超然物外的豁達胸襟。這種時而失落，時而曠達的複雜情緒，構成了蘇軾作品的獨特魅力。

【注釋】

① 《江城子》：詞牌名，又名《江神子》，起源於唐著詞（唐代酒令）的曲調，始見於《花間集》中韋（粵 wai⁴〔圍〕普 wéi）莊的詞作，初為單調，後演變為雙調。密州出獵：為本詞題目。密州：今山東省諸城市。

② 老夫：作者自稱。此時的作者其實只有四十歲。聊：姑且、暫且。狂：狂妄，這裏指少年一樣的豪氣和自信。

③ 左牽黃，右擎（粵king⁴〔鯨〕普qíng）蒼：左手牽着獵狗，右臂托舉着獵鷹，形容外出打獵的狀況。這裏以身體顏色「黃」和「蒼（黑色）」借代狗和鷹。

④ 錦帽貂裘（粵diu¹ kau⁴〔丟球〕普diāo qiú）：頭戴華美帽子，身穿貂皮外套，是古人外出打獵的裝束。千騎（粵gei⁶〔技〕普jì）：形容隨從打獵的人很多。騎：一人一馬稱為一騎。卷平岡：像席子一樣卷過平地山脊，形容打獵隊伍聲勢浩大，行動迅速。岡：山脊。

⑤ 太守：古代官職名稱，本為郡的長職官稱，後為州府行政長官的別稱。這裏指作者自己。

⑥ 孫郎：指三國時期的孫權，這裏用來比喻作者自己。《三國志・吳書・吳主傳》記載了孫權勇猛擊殺老虎的故事，這裏作者以孫權比喻自己，表達出自己希望像孫權一樣親自擊殺獵物的豪氣。

⑦ 酒酣（粵ham⁴〔含〕普hān）胸膽尚開張：敞開胸懷，盡情喝酒。酣：暢快地喝酒。

⑧ 鬢（粵ban³〔殯〕普bìn）：額角邊的頭髮。霜：白。

⑨ 持：拿着。節：兵符，指傳達上級命令的符節。馮唐：漢文帝時期的一位京官。漢文帝時，雲中郡（今內蒙古自治區托克托縣一帶）太守魏尚，既英勇善戰，又十分愛惜士兵。他駐守邊疆期間，匈奴不敢進犯。一次，匈奴南下侵犯漢朝邊疆，魏尚組織軍隊抗擊，大獲全勝，但是由於上報朝廷時多報了擊殺敵人的資料，結果被罷官。馮唐深知魏尚的才能和人品，便幫他向文帝辯護，認為懲罰過重。文帝最終派遣馮唐「持節」前往雲中赦（粵se³〔瀉〕普shè）免魏尚的罪名。蘇軾引用這個典故是以魏尚比喻自己，希望皇帝能夠派出像馮唐一樣的人，來帶領自己重返京城，當上京官。

⑩ 會（粵wui⁶〔匯〕普huì）：應當。挽：拉開。雕弓：雕刻精細的弓。

⑪ 天狼：星宿（粵sau³〔秀〕普xiù）的名稱。傳說天狼星代表侵略和戰爭，作者在這裏以天狼星比喻侵犯北宋國土的遼國和西夏。射天狼就是擊退侵略者的意思。

這闋詞創作於宋神宗熙寧八年（公元一零七五年），當時作者任密州知州。作者通過描寫出城打獵的場面，表達自己雖然不在京城，但是仍舊心繫國家大事，並時刻希望被皇帝再次重用，以擊退侵略者，流露出對國家的熱愛和忠誠。

詞的上闋主要是描寫這次出城打獵的裝束和隊伍，寫出了當時浩大聲勢。作者以孫權比喻自己，表現出不怕艱辛、奮勇向前的報國熱情。下闋詞寫到詞人雖鬢角微白，已不再年輕力壯，但絲毫不影響自己殺敵報國的決心。作者希望有一個像馮唐一樣的人，來把自己帶出政治低谷，重返京城，讓自己能夠為國效命。詞中也隱隱體現出作者處於人生低谷的無奈，空有一腔愛國熱血，卻找不到機會揮灑，無奈年華已經老去，要是機會再不來臨，這一切的抱負都只能作空想了。

全詞風格豪邁壯闊，是蘇軾豪放詞的代表作之一，奠定了豪放詞派的藝術特色，對後世詞作有巨大影響。

【文化知識】

豪放派

豪放派是宋詞的一個流派，與「婉約派」並為宋詞兩大詞派。

豪放派的代表詞人有北宋的蘇軾、南宋的辛棄疾、李綱、陳與義、葉夢得、陸游、陳亮等人。豪放派詞作題材廣闊而不限，喜將國事入材，抒寫壯麗山河、歷史遺跡、典故世情及個人壯志，像詩歌一般反映民間生活和社會現況。詞風氣勢恢弘，直率坦誠，不以委婉為能事。當然豪放派各詞人自有風格，更不乏清麗婉約之作，像蘇東坡的《水調歌頭（明月幾時有）》、辛棄疾的《青玉案·元夕》、陸游的《釵頭鳳（紅酥手）》等。

【練習】

（參考答案見第 235 頁）

❶ 詞中運用了兩個典故，請分別簡單說明典故內容，並寫出當中所抒發的情感。

A）親射虎，看孫郎。

典故：＿＿＿＿＿＿＿＿＿＿＿＿＿＿＿＿＿＿＿＿＿＿＿

情感：＿＿＿＿＿＿＿＿＿＿＿＿＿＿＿＿＿＿＿＿＿＿＿

B）持節雲中，何日遣馮唐？

典故：＿＿＿＿＿＿＿＿＿＿＿＿＿＿＿＿＿＿＿＿＿＿＿

情感：＿＿＿＿＿＿＿＿＿＿＿＿＿＿＿＿＿＿＿＿＿＿＿

❷ 「射天狼」一句中的「天狼」指的是甚麼？這與蘇軾有甚麼關係？

❸ 根據本詞作的格式，填寫下表：

A）段落	共＿＿＿＿闋，屬＿＿＿＿＿
B）句數	共＿＿＿＿句
C）字數	共＿＿＿＿字，屬＿＿＿＿＿
D）韻腳	上闋：＿＿＿＿、＿＿＿＿、＿＿＿＿、＿＿＿＿和＿＿＿＿
	下闋：＿＿＿＿、＿＿＿＿、＿＿＿＿、＿＿＿＿和＿＿＿＿

❹ 有說蘇軾作品中的情緒，時而失落，時而豁達，時而豪放，構成獨有魅力。試以《江城子・密州出獵》說明之。

水調歌頭（並序）

〔北宋〕蘇軾

【引言】

「人有悲歡離合，月有陰晴圓缺。」月缺月圓，尚且有信；可是在人世間，鄰居、同學、朋友、情人，以至親人，一旦彼此離別，可以再次見面的機會，又有多大？聚散離合的悲傷與歡愉，你又可曾體驗過？

水調歌頭（並序）[①]

〔北宋〕蘇軾

　　丙辰中秋，歡飲達旦，大醉。作此篇，兼懷子由[②]。

　　明月幾時有？把酒問青天[③]。不知天上宮闕[④]，今夕是何年？我欲乘風歸去[⑤]，

又恐瓊樓玉宇⑥，高處不勝寒⑦。起舞弄清影⑧，何似在人間⑨？

轉朱閣⑩，低綺戶⑪，照無眠⑫。不應有恨⑬，何事長向別時圓⑭？人有悲歡離合，月有陰晴圓缺，此事古難全⑮。但願人長久，千里共嬋娟⑯。

【注釋】

① 《水調歌頭》：詞牌名。據《隋唐嘉話》記載，隋煬帝作大曲，唐朝稱為「水調歌」，後來演變為詞牌名稱。凡詞牌中見「歌頭」者，即截取自大曲中的首段，可知《水調歌頭》應為《水調歌》的首部分。

② 這段話是本闋詞的序言，交代了寫作的時間和緣由。丙辰：傳統的六十干支紀年之一，即宋神宗熙寧九年（公元一零七六年）。達旦：到天亮。子由：蘇軾弟弟蘇轍的字。

③ 把酒：舉起酒杯。

④ 天上宮闕（粵 kyut³〔決〕普 què）：指月亮裏的宮殿，即月宮。闕：皇宮門前兩邊供瞭望用的樓，亦借指宮殿。

⑤ 歸去：回去，指回到月宮。

⑥ 又：一作「唯」。恐：擔心。瓊（粵 king⁴〔鯨〕普 qióng）樓玉宇：形容月宮的華美。

⑦ 高處不勝（粵 sing¹〔星〕普 shèng）寒：指月宮太高，作者抵受不住寒冷。勝：承受。

⑧ 起舞弄清影：在月光下舞動，觀賞移動變換的舞姿和影子。弄：賞玩。

⑨ 何似在人間：天上哪裏比得上人間啊？何似：何如，哪裏比得上。

⑩ 轉朱閣：指月亮移動，轉過了華美的樓閣。

⑪ 低綺（粵 ji² 〔椅〕 普 qǐ）戶：指月亮低低地掛在雕花的窗戶上。綺：華麗。

⑫ 照無眠：指月光照着不能成眠的人，即蘇軾自己。

⑬ 恨：怨恨。這句指月亮不應對人懷有怨恨。

⑭ 何事：為甚麼。長：常常，總是。向：在。別：指人世間的分離。

⑮ 此事：回應前文，指人的「離」和「合」，月的「圓」和「缺」。古：自古以來。全：周全，完美。

⑯ 嬋娟（粵 sim⁴ gyun¹ 〔蟬捐〕 普 chán juān）：月亮。

【解讀】

　　創作這闋詞時，蘇軾被排擠出京城已有五年，與弟弟蘇轍有六年沒有見面。中秋佳節，蘇軾飲酒之後，對着天上圓月，不禁思緒萬千：懷念遠在異地的親人，感慨自己的失意落寞，安慰自己身處「人間」比天上好，卻又希望「乘風歸去」，可見他的心情是複雜的。

　　上闋寫作者酒後看着高高在上的月宮，很想飛到那裏，逃避人間的殘酷現實，卻又害怕月宮太高而過於清冷，於是安慰自己身在人間自由自在，無比美好，不用到月宮中去。在這裏，蘇軾用月宮隱喻京城和朝廷，「我欲乘風歸去」正表現出自己想重當京官的意願。可是，政治鬥爭險惡，自己又想過清閒舒適的日子，所以只好安慰自己說月宮哪裏比得上人間。「人間」就是指他此時所在、遠離朝廷的山東密州。

　　下闋緊接上文，「轉朱閣，低綺戶，照無眠」，都是寫月光明亮而美好，讓身處密州、懷念遠方親人的作者，難以成眠。作者不禁發出這樣的疑問：月亮不應對人有甚麼怨恨吧？為甚麼總是在我和

親人分離的時候才這麼圓呢？月圓象徵親人團聚，可惜今夜月圓，更逢中秋，作者與親人卻無法團圓，所以輾轉難眠。好在作者一貫達觀，接下來就這樣疏導自己：人與人有聚有散，就像月亮有圓有缺一樣，這種事自古就這樣，難以完美。作者於是發出「但願人長久」的美好祝願，希望遠在異地的弟弟一切順利，身體安康。雖然兄弟相隔千里，卻可以一起欣賞同一輪明月，也算是一種安慰吧！

【文化知識】

文學中的月亮

月亮是中國文學作品中常用的意象，古代的詩文中對月亮有各種不同的稱謂，大多與嫦娥奔月的傳說有關：后羿的妻子嫦娥因為吃了不死藥，飛到月宮，月宮中有玉兔，還有砍伐桂樹的吳剛與她相伴。所以後人就用「嫦娥」、「玉兔」、「桂宮」、「桂魄」、「廣寒宮（傳說中嫦娥在月亮上的宮殿）」等名稱指代月亮；古人又認為月亮上也住有蟾蜍（粵 sim⁴ syu⁴〔蟬殊〕普 chán chú；即俗稱的「癩蛤蟆（粵 laai⁵ haa⁴ maa⁴〔覕介切；霞麻〕普 lài há ma）」），所以又稱月亮為「蟾宮」、「銀蟾」；月圓時，光輝清冷明亮，因此古人也常用「玉盤」、「玉輪」、「冰輪」等來比喻月亮，彎月時則稱作「銀鉤」、「玉鉤」等。

【練習】

（參考答案見第 235 頁）

❶ 詞中「天上宮闕」和「人間」所指的分別是甚麼？

_____和_____

❷ 為甚麼作者説「我欲乘風歸去，又恐瓊樓玉宇，高處不勝寒」？這表達出作者怎樣的心情？

❸ 承上題，作者最後作了哪一個選擇？那是作者真正的選擇嗎？為甚麼？

❹ 作者通過下闋中「人有悲歡離合，月有陰晴圓缺，此事古難全」反映出甚麼哲理？試簡單説明之。

❺ 試指出以下詞句所運用的修辭手法。
A）起舞弄清影，何似在人間？　　　（　　　）
B）轉朱閣，低綺戶，照無眠。　　　（　　　）
C）不應有恨，　　　　　　　　　　（　　　）
D）人有悲歡離合，月有陰晴圓缺。　（　　　）

明　周臣　人物故事圖冊・東坡題扇

漁家傲‧記夢

〔南宋〕李清照

【引言】

　　不論是古代的《周公解夢》，還是西方的弗洛伊德，都表示夢境能反映出人類的心態和所想。李清照通過描寫自己的夢境，抒發對現實的感歎和不滿；那麼你夢中所見、所言、所感，又代表着你生活中的哪些遭遇和想法呢？

漁家傲‧記夢[①]

〔南宋〕李清照

　　天接雲濤連曉霧，星河欲轉千帆舞[②]。彷佛夢魂歸帝所[③]。聞天語[④]，殷勤問我歸何處[⑤]。

我報路長嗟日暮⑥，學詩謾有驚人句⑦。九萬里風鵬正舉⑧。風休住⑨，蓬舟吹取三山去⑩。

【作者簡介】

李清照（公元一零八四至一一五五年），自號易安居士，濟南章丘（今山東省濟南市）人，宋代著名女詞人。李清照出生於書香門第，早期生活優裕，小時候就在良好的家庭環境下打好文學基礎。出嫁後與丈夫趙明誠共同致力於書畫金石的搜集整理。可惜發生靖康之變，金兵入主中原時，李清照與丈夫流寓南方，後來丈夫先比自己死去，自此李清照境遇孤苦。

李清照的詞作，前期多寫其閨閣情思生活；南渡後多悲歎身世，情調感傷。形式上善用白描手法，語言清麗。她不但善於填詞，更提出詞「別是一家」的觀點，反對以作詩文之法填詞，是繼柳永後宋代婉約詞派代表人物。前人評論她的詞「亦是林下風，亦是閨中秀」，意指其作品既有士大夫關注國家民生的情操，又有描寫兒女情思和閨中生活的風情。

【注釋】

① 《漁家傲》：詞牌名，詳見前文范仲淹《漁家傲·秋思》的注釋。記夢：本詞作的題目。
② 星河：銀河。千帆：本指船隻，這裏指銀「河」上的船隻 —— 星星。
③ 帝所：天帝居住的地方。

④ 聞：聽見。天語：天帝説話。

⑤ 殷勤：關切地。

⑥ 報：回報，回答。嗟（粵 ze¹〔遮〕普 jiē）：感歎。這句話的意思是：我回答天帝説：「前路還很漫長，可是天快要黑了。」

⑦ 謾（粵 maan⁶〔慢〕普 màn）有：空有。驚人句：杜甫《江上值水如海勢聊短述》詩中有「語不驚人死不休」句，指自己作詩沒有驚人的佳句就死不罷休。這句是説：李清照寫下了不少驚人的佳句，可是卻沒有任何用處。

⑧ 九萬里風鵬正舉：《莊子・逍遙遊》中有「鵬之徙於南冥（南海）也，水擊三千里，摶（粵 tyun⁴〔團〕普 tuán；憑藉）扶搖（強風）而上者九萬里」。意思是説：大鵬乘風而起，一飛就是九萬里。

⑨ 休住：不要停。

⑩ 蓬（粵 pung⁴〔平龍切〕普 péng）舟：像無根的蓬蒿一樣被風吹轉的船。吹取：吹得，吹往。三山：傳説中的蓬萊、方丈、瀛（粵 jing⁴〔迎〕普 yíng）洲三座仙山，相傳為仙人的居處，在這裏象徵美好的地方。

【解讀】

李清照是宋代婉約詞派代表人物之一，詞風多清麗委婉。本篇是其作品中少數具有風格豪放的詞作。作者充分發揮想像，通過描繪自己在夢中與天帝的對話，抒發自己遠離濟南的家鄉後，對故鄉的思念，對自身和國家前途迷茫的感歎。此外，作者通過結尾對仙境的嚮往，暗地裏控訴殘酷的現實，顯得悲傷而落寞。

金人入侵，宋室南渡，國家動盪，步入中年的李清照不得不流落到江南，生活漂泊；加上丈夫離世、家庭破滅，作者的境遇急轉直下，因此借詞作抒寫自己在夢中所見、所言、所歎 —— 詞以開闊而宏大的手筆描寫夜晚天河，並借助「雲濤」、「曉霧」、「千帆」、「大鵬」等意象，勾勒出壯闊宏大的場景，顯示出豪放的氣勢。接着

作者通過大膽的想像，浪漫地展現夢中和天帝的對話，吐露自己「路長嗟日暮」、不知「歸何處」的悲傷和迷茫。最後通過描寫自己對仙山的渴望，傳達出對人間世道的失望。整闋詞在開闊宏大的氛圍中，展現出作者國破家亡之後的複雜情緒，是作為婉約詞派代表者李清照的罕有作品。

【文化知識】

婉約派

婉約派是宋詞的流派之一。在明代張綖（粵 jin⁴〔然〕普 yán）及謝天瑞合著的《詩餘圖譜》中，首次將詞粗分為「婉約」和「豪放」兩類：「詞體大略有二：一體婉約，一體豪放。婉約者欲其辭情醞藉，豪放者欲其氣象恢弘。蓋亦存乎其人，如秦少游（秦觀）製作多是婉約，蘇子瞻（蘇軾）之作多是豪放。大抵詞體以婉約為正。」可見即使劃分了兩派，後人依然以「婉約」為宗。

婉約派以柔美見長，側重閨情綺怨，結構縝密，音律和諧，語言清潤，在宋代詞壇上較豪放派更有地位。以晚唐詩人溫庭筠、韋莊為先驅，為花間派鼻祖；北宋後，晏殊、柳永、秦觀、周邦彥、李清照等先後成為婉約派的代表人物；可惜宋室南渡後，詞人多借詞作抒發對家國興亡的感歎，即使有婉約派詞人的詞作，也只是婉約纏綿不足，無病呻吟有餘。

【練習】

（參考答案見第 236 頁）

❶ 詞作首兩句「天接雲濤連曉霧，星河欲轉千帆舞」描繪了一幅怎樣的圖畫？

❷ 承上題，第二句中的「千帆舞」所指的是甚麼？這裏用了甚麼修辭手法？試簡單說明之。

❸ 作者通過「我報路長嗟日暮，學詩謾有驚人句」這兩句，抒發了甚麼感歎？

A) _____

B) _____

❹ 就詞中所見，作者在現實生活中仍抱有希望嗎？何以見得？

❺ 請找出詞作中的韻腳，填在括號內。

A) 上闋：（　　）、（　　）、（　　）、（　　）和（　　）；

B) 下闋：（　　）、（　　）、（　　）、（　　）和（　　）；

C) 本詞所押的是（　　）聲韻。

遊山西村

〔南宋〕陸游

【引言】

　　「農家酒渾，豐年留客」，生活繁忙的你，可曾留戀過淳樸、人情味濃的農家生活？「山重水複，柳暗花明」，經常因小小挫折而自怨自艾的你，又可曾願意多走一步，發掘挫折背後的轉機和成功？

遊山西村

〔南宋〕陸游

莫笑農家臘酒渾①，豐年留客足雞豚②。

山重水複疑無路③，柳暗花明又一村④。

簫鼓追隨春社近⑤，衣冠簡樸古風存⑥。

從今若許閒乘月⑦，拄杖無時夜叩門⑧。

【作者簡介】

陸游（公元一一二五至一二一零年），字務觀，號放翁，越州山陰（今浙江省紹興市）人，南宋著名詩人、詞人。陸游在少年時代深受愛國思想熏陶，從小樹立抗金報國的理想，可惜屢遭主和派排斥，仕途不順。宋孝宗乾（粵 kin⁴〔虔〕普 qián）道七年（公元一一七一年），陸游應四川宣撫使王炎之邀，投身軍旅，任職於南鄭幕府。次年，幕府解散，陸遊奉詔入蜀，與范成人相知。不久升為禮部郎中兼實錄院檢討官，後來更被委派主持編修孝宗、光宗《兩朝實錄》和《三朝史》，官至寶章閣待制。書成後退居家鄉，直至寧宗嘉定三年（公元一二一零年）與世長辭，留下絕筆《示兒》。

陸游一生創作甚豐，流傳至今的詩歌有九千四百餘首，題材廣泛，風格多樣，當中反映軍事政治的作品，多悲壯激昂，飽含愛國深情。此外，他描寫鄉村生活的詩歌清新淳樸，情感細膩動人，都有着很高的藝術水準。

【注釋】

① 臘酒：臘月（農曆十二月）所釀造的酒。渾（粵 wan⁴〔雲〕普 hún）：混濁，渾濁，成色不好。酒以清為貴，農家自釀的酒大多渾濁。

② 豐年：豐收之年。足雞豚（粵 tyun⁴〔圍〕普 tún）：準備了豐盛的菜餚。足：足夠，豐盛。豚：小豬，這裏代指豬肉。

③ 山重水複：一重重山，一道道水，重重疊疊，形容道路蜿蜒曲折。

④ 柳暗花明：柳樹深綠，顯得暗沉；花朵紅艷，顯得明亮。這兩句的意思是：山水重疊，道路彎曲，以為前面沒有路了，可是忽然發現，在花樹的掩映之下，又出現了一個村莊。表達出詩人遊玩路程中發現村落人煙的意外和欣喜。

⑤ 簫鼓：吹簫和打鼓，這裏泛指各種歡樂的音樂聲。追隨：這裏指此

起彼落。春社：古人把立春後第五個戊（粵 mou⁶〔霧〕普 wù）日為「春社」。在這一天，古人要拜祭社公（土地神）和五穀神，以祈求來年豐收。社，傳說中的土地神。

⑥ 衣冠（粵 gun¹〔官〕普 guān）：衣飾和髮冠。古風存：保留着古代的風俗。存：保留。

⑦ 若許：如果這樣。閒乘月：空閒時趁着月光前來。

⑧ 拄杖（粵 zyu² zoeng⁶〔主像〕普 zhǔ zhàng）：支撐着拐杖。無時：隨時。叩（粵 kau³〔扣〕普 kòu）門：敲門。這兩句的意思是：從今往後，如果能常常趁着月色閒遊的話，我就會撐着拐杖，隨時來敲這戶農家的大門。詩人通過這句詩，表達出對這種閒靜安逸的鄉村農家生活的嚮往和喜愛。

【解讀】

詩中的「山西村」是指三山鄉西邊的村落（在今浙江省寧波市）。這首詩是一首記錄了詩人出遊經歷的詩歌，描繪了江南鄉村的美好景色，抒寫了農家生活的閒靜安逸，表達了詩人對此的喜愛與嚮往。

宋孝宗乾道二年（公元一一六六年），陸游因極力主張抗金而再次被罷官。這首詩創作於乾道三年，當時詩人閒居家中。

詩歌一開首就寫詩人得到農家的熱情招待，雖說不上是美酒佳餚，但有雞有豬，有肉有菜，在農家來說已算是豐盛了。頷聯以倒敍手法，回想自己前往山村的路上，看似已經沒有前路，可是在柳暗花明中，卻無意發現了這景色秀麗的農村。頸聯返回現實，描寫山村節慶的熱鬧場景，展現出一幅豐富多彩的鄉村生活畫卷。尾聯「從今若許閒乘月，拄杖無時夜叩門」兩句，更寫出詩人對鄉村生活的嚮往，以約定的口吻，抒寫出自己對這種簡樸生活的喜愛。

【文化知識】

陸游與唐婉

封建家庭雖帶給陸游良好的文化熏陶，尤其是愛國教育，但也帶來婚姻上的不幸。陸游二十歲時就與唐婉（北宋宣和年間有政聲的鴻臚少卿唐翊（粵 jik⁶〔亦〕普 yì）之孫女）結婚，陸家曾以一隻精美無比的家傳鳳釵作信物，與唐家訂親。婚後雖然夫妻感情甚篤，可是陸游的母親卻不喜歡唐婉，硬逼他們夫妻離散，最後唐婉改嫁趙士程，陸游亦另娶王氏為妻。

離婚後陸游非常傷痛，紹興二十五年（公元一一五五年）三十一歲遊經沈園時，偶見唐婉夫婦，陸游在沈園牆上寫了《釵頭鳳》詞以寄深情，內容如下：

紅酥手，黃縢酒，滿城春色宮牆柳。東風惡，歡情薄，一懷愁緒，幾年離索。錯！錯！錯！　春如舊，人空瘦，淚痕紅浥鮫綃透。桃花落，閒池閣。山盟雖在，錦書難託。莫！莫！莫！

相傳唐婉讀了陸游的《釵頭鳳》後，悲痛欲絕，和了一首《釵頭鳳》，不久便去世了。唐婉所填的《釵頭鳳》如下：

世情薄，人情惡，雨送黃昏花易落。曉風乾，淚痕殘，欲箋心事，獨語斜闌，難！難！難！　人成各，今非昨，病魂長似鞦韆索。角聲寒，夜闌珊，怕人尋問，咽淚裝歡，瞞！瞞！瞞！

此後陸游屢次賦詩懷念唐婉，直至七十五歲時還寫了有名的情詩《沈園》，可見陸游對唐婉的一往情深。

【練習】

（參考答案見第 237 頁）

❶ 詩歌首聯反映出農村人怎樣的待客之道？試簡單説明之。

❷ 詩歌頷聯表面上寫甚麼？這與當時詩人的仕途又有着甚麼關聯？

❸ 承上題，你認同「山重水複疑無路，柳暗花明又一村」這句話的含義嗎？試簡單説明之。

❹ 分析《遊山西村》的格律，填寫下表。

格律		答案
全詩句數		A）
每句字數		B）
體裁名稱		C）
對仗	首聯	D）
	頷聯	E）
	頸聯	F）
	尾聯	G）
韻腳	第一句	H）
	第二句	I）
	第四句	J）
	第六句	K）
	第八句	L）

破陣子・為陳同甫賦壯語以寄之

〔南宋〕辛棄疾

【引言】

你未必會飲酒，但總會在夜闌人靜之時，與自己的內心對話。你跟自己談的是甚麼？是未酬的壯志？是失落了的機會？還是「不能說的祕密」？

破陣子・為陳同甫賦壯語以寄之[①]

〔南宋〕辛棄疾

醉裏挑燈看劍[②]，夢回吹角連營[③]。八百里分麾下炙[④]，五十弦翻塞外聲[⑤]。沙場秋點兵[⑥]。

馬作的盧飛快⑦，弓如霹靂弦驚⑧。了卻君王天下事⑨，贏得生前身後名⑩。可憐白髮生⑪！

【作者簡介】

　　辛棄疾（一一四零至一二零七年），字幼安，號稼軒，濟南歷城（今山東省濟南市）人，南宋著名愛國詞人。辛棄疾一生愛國，年輕時便參與及組織反抗金軍的起義軍，在抗擊敵人的鬥爭中得到鍛煉，漸次成為一名有膽有識的軍事家、戰略家。但是南宋朝廷並未重用他，以致辛棄疾仕途不順，終其一生也沒能完成自己的遠大抱負。由於長期與當政的主和派政見不合，最後被彈劾落職，退隱山居告終。

　　他的詞作格調深沉悲涼，卻又不乏雄渾和豪放，是宋代豪放詞派代表人物，與蘇軾合稱「蘇辛」，同時與同鄉李清照並稱「濟南二安」（李清照號「易安」，辛棄疾字「幼安」）。著有詞集《稼軒長短句》，現存詞作六百多闋。

【注釋】

① 《破陣子》：詳見李煜《破陣子》（四十年來家國）。
② 挑（粵tiǎo）燈：挑動燈芯，使油燈更明亮。
③ 夢回：夢醒，這裏指酒醒過後。吹角連營：號角一個營接一個營地吹響。
④ 八百里：牛的名稱。據《世說新語‧汰侈》載，晉代王愷（粵hoi²〔海〕

（粵 kǎi）有一頭珍貴的牛，名叫「八百里駁」。這裏指牛肉。麾（粵 fai¹〔揮〕普 huī）下：部下。炙（粵 zek³〔隻〕普 zhì）：烤肉。這句的意思是：將烤牛肉分給部下享用。

⑤ 五十弦：指瑟，這裏泛指各種樂器。翻：演奏。塞外聲：塞外的音樂，這裏泛指征戰歌曲。這句的意思是：樂隊奏起慷慨悲壯的戰歌。

⑥ 沙場：戰場。點兵：檢閱士兵。古代出戰多在秋天，所以說「秋點兵」。

⑦ 的盧（粵 dì lú）：一種跑得很快的好馬。相傳劉備在荊州遇險，前臨檀（粵 taan⁴〔壇〕普 tán）溪，後有追兵，幸虧騎的盧馬，一躍三丈，脫離險境。見《三國志・蜀書・先主傳》。作：這裏指猶如。

⑧ 霹靂（粵 pik¹ lik⁶〔闢力〕普 pī lì）：雷聲，這裏指拉弓的聲音很大，像雷聲一樣。

⑨ 了卻：完成。天下事：天下統一的大業，這裏指收復中原。

⑩ 身後：死後。

⑪ 可憐：可惜。這句的意思是：雖然想幫助君王完成北伐大業，贏得功名，但是已經老了，沒有辦法實現這個願望。

【解讀】

宋孝宗淳熙八年（公元一一八一年），辛棄疾被罷官，於是回到上饒（今江西省上饒市）的新居，開始了接近二十年的閒居生活。公元一一八八年（淳熙十五年），辛棄疾與好友陳亮在鉛山會見，即第二次「鵝湖之會」（事見下文「文化知識」），此詞當作於這次會見又分別之後。

上闋寫辛棄疾酒醉後挑燈看劍。「醉裏挑燈看劍」這一句反映了作者懷有心事，想借酒消愁，可是醉了又睡不着，於是夜起挑燈，看着自己的寶劍，可以推斷作者由於北伐的主張被壓抑，英雄無用武之地，唯有在夜裏挑燈看劍，並藉此緬懷自己的過去：沙場點

兵，吹角連營，與士兵分肉而食，在邊塞奏瑟而歌，是多麼的豪情壯志啊！

下闋承接上文戰爭宏大場面的回憶，寫自己現在仍想騎着的盧，握着神弓，為君王掃盪金兵，博得生前死後的名節——可惜頭髮早已花白，雖然有心報效祖國，卻無力上陣殺敵了……作者通過往昔與當下、想像與現實的強烈對比，一方面表現出自己上陣殺敵的堅定決心，另一方面也表達了自己年老體衰，無力征戰的悲哀。

全篇語言流利，氣勢恢弘，既表現出作者報效祖國的熱情，又反映出對自己理想難以實現的傷感。

【文化知識】

鵝湖之會

鵝湖之會，又稱「鵝湖論爭」，是宋朝時的一場程朱學派與心學派之間的學術辯論。辯論雙方為：程朱學派的朱熹（粵 hei¹〔希〕普 xī），以及心學派的陸九齡和陸九淵兄弟。舉行地點在鵝湖山（今江西省鉛山縣），鄰近郡縣官吏、學者百人列席觀會。

這場辯論的主題為「所聞之學」，朱熹側重「道問學」，強調「格物致知」，認為治學的方法，最好是「居敬」和「窮理」，即深究學問道理；陸氏兄弟側重「尊德學」，力主發人之本心，提出「堯舜之前有何書可讀」，認為只要「明心見性」即可。

雙方爭議了三天，辯論非常熱烈。雖然陸氏兄弟略佔上風，但誰始終也不能說服誰。最後未曾明定結果，也談不到消除歧見。

後來辛棄疾和陳同甫在鵝湖，也有過「鵝湖之會」，但討論的並非學術問題，而是共商恢復中原大計，暢談英雄壯志，並相互激勵、寫出數闋相互酬答的唱和詞，被視為第二次「鵝湖之會」。

【練習】

（參考答案見第 237 頁）

❶ 詞中「醉裏挑燈看劍」一句，反映出作者的心境是怎樣的？

❷ 有謂此詞將往昔與當下、想像與現實作對比，突出自己的「人已老，志未酬」的無奈，試說明之。

A）往昔與當下的對比：＿＿＿＿＿＿＿＿＿＿＿＿＿＿＿＿＿＿

B）想像與現實的對比：＿＿＿＿＿＿＿＿＿＿＿＿＿＿＿＿＿＿

❸ 整闋詞出現了不少戰場情景，試舉其二，並以詞句作簡單說明。

A）詞句：＿＿＿＿＿＿＿＿＿＿＿＿＿＿＿＿＿＿＿＿＿＿＿＿

說明：＿＿＿＿＿＿＿＿＿＿＿＿＿＿＿＿＿＿＿＿＿＿＿＿

B）詞句：＿＿＿＿＿＿＿＿＿＿＿＿＿＿＿＿＿＿＿＿＿＿＿＿

說明：＿＿＿＿＿＿＿＿＿＿＿＿＿＿＿＿＿＿＿＿＿＿＿＿

❹ 清人梁啟超在《藝蘅館詞選》中評此詞說：「無限感慨，哀同甫亦自哀也。」你認為辛棄疾為甚麼要寄這闋詞給陳同甫？

南鄉子‧登京口北固亭有懷

〔南宋〕辛棄疾

【引言】

> 古人的愛國精神，固然值得我們欣賞和效法。
> 然而，身處今日的香港，我們又該如何愛國？

南鄉子‧登京口北固亭有懷[①]

〔南宋〕辛棄疾

何處望神州[②]？滿眼風光北固樓[③]。
千古興亡多少事[④]？悠悠[⑤]。不盡長江滾
滾流[⑥]。

年少萬兜鍪[⑦]，坐斷東南戰未休[⑧]。

天下英雄誰敵手⑨？曹劉⑩。生子當如孫仲謀⑪。

【注釋】

① 《南鄉子》：詞牌名。《南鄉子》原為舞曲。近人任中敏在《教坊記箋訂》説：「《南鄉子》，舞曲，敦煌卷子內有舞譜。」可見《南鄉子》原是唐代教坊曲，後來才用作詞牌名稱。登京口北固亭有懷：是本詞作的題目。京口：今江蘇省鎮江市。北固亭：位於今鎮江市北固山上。

② 神州：中原大地，也即是當時被金人所控制的北宋故土。

③ 北固樓：即北固亭。

④ 興亡：指國家興衰，朝代更替。

⑤ 悠悠：形容漫長而久遠。

⑥ 不盡長江滾滾流：語出杜甫《登高》「無邊落木蕭蕭下，不盡長江滾滾來」句。這三句的意思是：從古至今，多少朝代興亡、政權更替？只有這滾滾奔流的長江，自古不變。

⑦ 年少：年輕。這裏指孫權十九歲時，就繼承父親和兄長的志向，統治江東地區。萬兜（粵dau¹〔多秋切〕普dōu）鍪（粵mau⁴〔謀〕普móu）：千軍萬馬。兜鍪：頭盔，這裏指士兵。這句的意思是：孫權年紀輕輕就統領千軍萬馬。

⑧ 坐斷：坐鎮，鎮守。東南：指三國時期的吳國。因吳國地處東南，這裏用方位指代國家。休：停止。

⑨ 天下英雄誰敵手：孫權雖然年輕，但是天下如此多的英雄，有誰能夠與他匹敵？

⑩ 曹劉：「曹」指曹操，「劉」指劉備。

⑪ 生子當如孫仲謀：「仲謀」是孫權的字，這裏引用了曹操評價孫權的
典故。據《三國志・吳書・吳主傳》所載，曹操揮軍南下時，看見
孫權統治下的東吳兵強馬壯，便放棄入侵東吳的計劃，並感慨道：
「生子當如孫仲謀。若劉景升（劉表）兒子，豚犬耳！」

【解讀】

　　這闋詞寫於作者在宋寧宗嘉泰四年（公元一二零四年）調任鎮
江當知府時。當時南宋和金依然處於戰爭對抗階段，中原廣闊地區
已經落入金人手中接近一個世紀，鎮江成為了與金軍對抗的防線。
作者正是在這一時期，登上鎮江北固亭，北望中原大好山河，感慨
萬千，抒發出愛國熱情和抗擊殺敵的決心，也委婉表達了對懦弱無
能的將領和統治階層的不滿。

　　上闋寫作者登上北固亭所見的景色：中原大地已經落入敵手，
作者遠望山河，不禁感歎古今朝代更迭、世事變幻，唯有奔流的長
江始終如一。作者從上闋的長江，聯想到下闋江東的孫權。

　　在下闋中，作者借用孫權故事，一方面歌頌這南宋甘心偏安一
隅的土地上，曾經出現過一位肯與曹操、劉邦對抗的英雄 —— 孫
權，一方面稱讚他年輕有為，「年少萬兜鍪」，勵精圖治，讓曹操也
不得不給予「生子當如孫仲謀」的評價；另一方面借古諷今，暗示
自己所處的時代，沒有像孫權這樣有遠見、有魄力的統治者來抗擊
金人侵略，流露出對當時懦弱無能的南宋政府的不滿。

【文化知識】

「中國」的別稱

除了詞中「神州」一詞，大家知道「中國」過去還有甚麼別稱嗎？

傳說大禹治水後，將天下分為九州，即冀（粵 kei³〔暨〕普 jì）州、兗（粵 jin⁵〔以免切〕普 yǎn）州、青州、徐州、揚州、荊州、豫州、梁州和雍州，所以後人常用「九州」來指代中國。

至於「神州」，是「赤縣神州」的簡稱，源自戰國時期陰陽家鄒衍（普 jin⁵〔以免切〕普 yǎn）所創立的「大九州」說。鄒衍認為，儒家所稱的「中國」只不過是全部天下的九分之一。中國稱為「赤縣神州」，而「赤縣神州」再分為九州，也就是上文大禹所劃分的九州；也就是說中國之外還有八個州，這八個州被大海環繞，每個州又分別分為九州，各個州的語言、風俗都不一樣。

「華」和「夏」本來都是居住在黃河流域的古老民族的名稱，後來其含義範圍不斷擴大，「華夏」、「中華」都逐漸成為中國的代稱。在封建時代與少數民族政權對峙時期，古人也常用「中原」、「中土」等字眼來代表漢民族政權的國家。

現在通用的「中國」一詞，早在《尚書》中就已出現，反映了先民以自己居住的地方為天下中心的觀念。

【練習】
（參考答案見第 238 頁）

❶ 作者在開首問「何處望神州」有何用意？

❷ 作者在上闋以長江作結，在整闋詞的結構上有甚麼作用？試簡單
說明之。

❸ 詞的下闋全用了孫權的事跡或典故，根據下闋內容，下列哪兩項
是作者所寄託的孫權形象？
   ○ A. 孫權年輕有為。　　　　○ B. 孫權只是傻子犬兒。
   ○ C. 孫權不敵時光流逝。　　○ D. 孫權勇於對抗曹劉。
   ○ E. 孫權一生命運坎坷。

❹ 承上題，作者通過這些典故，想向南宋政府發出怎樣的訊息？

過零丁洋

〔南宋〕文天祥

【引言】

「人生自古誰無死，留取丹心照汗青。」國難當前，戰敗被俘，文天祥在死神面前，尚能發出如此壯烈的吶喊。那麼，我們應該怎樣看待死亡？是肉體的結束，還是靈魂的延續？

過零丁洋①

〔南宋〕文天祥

辛苦遭逢起一經②，干戈寥落四周星③。
山河破碎風飄絮④，身世浮沉雨打萍⑤。
惶恐灘頭說惶恐⑥，零丁洋裏歎零丁⑦。
人生自古誰無死？留取丹心照汗青⑧。

文天祥（公元一二三六至一二八三年），吉州廬陵（今江西省吉安縣）人，南宋愛國詩人。初名雲孫，字天祥。選中貢士後，換以天祥為名，改字履（粵lei⁵〔里〕普lǚ）善；中狀元後再改字宋瑞，後因住過文山（今江西省吉安縣），因而號文山。

宋恭帝德祐元年（公元一二七五年），元兵渡江，文天祥散盡家財，招募豪傑，起兵勤王，最終因為孤立無援，抗爭失敗。次年任右丞相，赴元營談判，卻被元軍押解北方，幸得當地義士相救脫險。可惜這時宋廷已奉表投降，恭帝被押往元大都（今北京），陸秀夫等擁立七歲的端宗在福州即位。文天祥奉詔入福州，派人赴各地募兵籌餉以繼續抗元戰爭，輾轉南下，途經廣東潮陽、海豐，終在祥興元年（公元一二七八年）在海豐以北的五坡嶺被元軍擊敗，被押送至大都。翌年，宋亡，但文天祥仍堅守初志。忽必烈愛其才，曾親自勸降，文天祥堅貞不屈，最後被押赴刑場，忽必烈止之不果。刑前文天祥向南方跪拜，從容就義，年僅四十七歲。忽必烈得知其死訊，惋惜説：「好男子，不為吾用，殺之誠可惜也！」

文天祥詩歌以愛國題材為主，風格深受杜甫影響，展現出心繫家國的忠義情懷和堅貞不屈的民族氣節，慷慨悲壯，感人至深。

【注釋】

① 零丁洋：即伶仃洋，在今廣東省珠江口外，即香港與珠海之間的海面。

② 遭逢：受到。起一經：因為精通某一部典籍而通過科舉考試，被朝廷任用為官。此句是詩人回憶自己早年辛苦學習，被朝廷任命為官的經歷。

③ 干戈（粵gwo¹〔瓜窩切〕普gē）：古代兵器，這裏指抗元戰爭。寥（粵

liu⁴〔聊〕（粵）liáo）落：荒涼冷落。四周星：四周年，指自己從組織義軍抗元到被俘，已有四年的光景。

④ 山河破碎：這裏指國家破滅。絮（粵 seoi⁵〔緒〕粵 xù）：柳絮，即柳樹的種子，有白色絨毛，隨風飛散如飄絮。這句是説因為抗元戰爭慘敗，國家滅亡，山河破碎得像風中的飄絮一般。

⑤ 萍：浮萍，無根而隨水漂流。這句是指詩人自己身經百戰，輾轉南下，身世就像被大雨擊打的水中浮萍一樣，沉浮不定。

⑥ 惶恐灘：在今江西省萬安縣，是贛江中的險灘。説惶恐：宋端宗景炎二年（公元一二七七年），文天祥在江西被元軍打敗，死傷慘重，妻子兒女也被元軍俘虜，他經惶恐灘撤退到福建。這裏的「惶恐」就是説詩人兵敗的經歷。

⑦ 歎零丁：指自己孤軍作戰，兵敗被俘，感到孤苦無依。零丁：這裏同「伶仃」。

⑧ 丹心：紅心，比喻對國家的忠心。汗青：這裏指史書。古人在竹簡上刻字以記事，製作竹簡時要先用火烤乾竹中水分，以便書寫和保存，過程中水分從青色的竹子中滲出，猶如冒汗，因此竹簡也稱為「汗青」。由於史書最初寫在竹簡上，因此詩人用汗青代指史書。

【解讀】

文天祥被俘後，蒙軍將領張弘範要文天祥寫信招降張世傑。文天祥拒絕，並寫下這首《過零丁洋》。弘範笑而置之，不久就遣使護送文天祥至大都。

詩歌開首兩句是詩人回憶幾年來的抗元經歷，並借此簡單回顧自己的人生。頷聯隨即轉回當下經歷：南宋王朝在元軍的連番進攻下，已經支離破碎，如同飄絮，而自己也像雨中浮萍一樣，漂泊無根。這兩句以柳絮、浮萍作比，將國家和個人的命運，緊緊結合在一起。

接着的頸聯，詩人借用惶恐灘、零丁洋的諧音，抒發出家人被俘的「惶恐」，到最後自己被俘的「伶仃」。在頷聯和頸聯四句中，詩人熾熱的愛國之心和無法扭轉國家命運的悲傷交織在一起，慷慨沉痛。詩人被俘，要求招降，可是詩人不肯就範，於是發出感歎：「人生自古誰無死？留取丹心照汗青。」藉此表達自己絕不屈服的大無畏精神和愛國情懷。

　　全詩通過深情的語言，借助比喻、雙關等修辭手法，傳達出詩人對國家滅亡的悲痛和堅貞不屈的愛國精神，表現出詩人捨生取義的崇高氣節。

【文化知識】

正氣歌

　　除了《過零丁洋》，《正氣歌》也是文天祥的代表作。

　　《正氣歌》寫於元大都的監獄中。詩人在開卷點出獄中有「水、土、日、火、米、人、穢」七氣，他表示要「以一正氣而敵七氣」。詩人更一口氣列舉歷史上十二位義士的事跡，包括：春秋時代齊國大夫崔杼（在齊太史簡）、春秋時晉國太史董狐（在晉董狐筆）、張良（在秦張良椎）、蘇武（在漢蘇武節）、三國嚴顏（為嚴將軍頭），西晉嵇（粵 kai¹〔溪〕普 jī）紹（為嵇侍中血）、唐代張巡和顏杲（粵 gou²〔稿〕普 gǎo）卿（為張睢陽齒，為顏常山舌）、東漢管寧（或為遼東帽，清操厲冰雪）、三國諸葛亮（或為出師表，鬼神泣壯烈）、東晉祖逖（粵 tik¹〔別〕普 tì）（或為渡江楫，慷慨吞胡羯）和唐代段秀實（或為擊賊笏，逆豎頭破裂），是為千古絕唱。

【練習】

（參考答案見第 239 頁）

❶ 在詩歌頷聯中，詩人以甚麼來比喻「山河」與「身世」？兩者又有何關係？

❷ 除了對仗，頸聯「惶恐灘頭說惶恐，零丁洋裏歎零丁」還運用了哪一種修辭手法？試簡單說明之。

❸ 「丹心」與「汗青」都用了哪一種修辭手法？
　　○ A. 比喻　　　　○ B. 借代
　　○ C. 擬物　　　　○ D. 色詞

❹ 承上題，試簡單說明這種修辭手法。

❺ 文天祥的「忠」向來為史家稱道，你認為「忠」在現代還適用嗎？為甚麼？試簡單說明之。

天淨沙·秋思

〔元〕馬致遠

【引言】

　　馬致遠眼中的秋天，是一堆淒冷的意象，是一股唏噓的鄉愁。這和你心目中的秋天有甚麼不同？是一片火紅的楓葉？是一襲輕薄的外套？還是一份浪漫的情懷？——你喜歡秋天嗎？

天淨沙·秋思①

〔元〕馬致遠

　　枯藤老樹昏鴉②，小橋流水人家，古道西風瘦馬③。夕陽西下，斷腸人在天涯④。

【作者簡介】

馬致遠（約公元一二五零至一三二一年），字千里，大都（今北京）人，元代著名雜劇、散曲作家。馬致遠年輕時熱衷功名，有「佐國心，拿雲手」（《〔南呂〕四塊玉・歎世》（其四）），的政治抱負，然而仕途並不顯達，遂有退隱林泉的念頭，於是辭去官職，與花李郎、李時中、紅字公等，合組「元貞書會」，此後過着閒適生活，晚年更取陶淵明《飲酒》（其五）「採菊東籬下，悠然見南山」句，自號東籬，以顯其志。他與關漢卿、鄭光祖、白樸並稱「元曲四大家」，《漢宮秋》是其雜劇代表作品；至於其散曲作品文人氣息濃厚，語言宏麗，對仗工整，成就為元代之冠，明代雜劇作家賈仲明更稱他為「曲狀元」。

【注釋】

① 《天淨沙》：曲牌名，又名《塞上秋》。秋思：這首散曲的題目。
② 昏鴉：黃昏時分，停在樹上休息的烏鴉。
③ 古道：古老荒涼的道路。西風：寒冷蕭瑟的秋風。
④ 斷腸人：形容傷心悲痛到極點的人，此處指漂泊天涯、極度憂傷的遊子。天涯：遠離家鄉的地方。

【解讀】

文人墨客多傷春悲秋，尤其是遠離家鄉、羈旅行役的遊子，每逢秋天，天黑時間早、殘花凋零、落葉皆黃，更易惹起鄉愁。這首小令題作「秋思」，正表達了作者的思鄉情懷。

馬致遠年少時熱心功名，但元朝的民族高壓政策，使漢族文人

難以步入仕途，即使能當官，也不能平步青雲，所以他長年漂泊在外，居無定所，這首小令正是在漂泊途中所作。

作者放眼望去，所見的唯有乾枯的蔓藤、瘦弱的老樹、無力的昏鴉，三個簡單的意象卻足以勾勒出一幅蕭條而蒼涼的古道秋景圖。作者繼續趕路，卻看到小橋、流水、人家，這樣美好的圖景竟然恰似自己的家鄉，勾起無限鄉愁。然而家鄉太遠，無法回去，這裏又不能停留，只能騎着瘦馬，在吹着淒冷西風的古道上，繼續前行。這時夕陽西下，天地間彷彿就只有自己這個斷腸人，孤獨無依，流落天涯。作者因為思鄉而傷悲，但同時因為傷悲而更加思鄉，孤獨和鄉愁糾纏在一起，斷腸的不只是馬致遠一個，還有千百年來同樣要漂泊無定、居無定所文人。

整首小令僅有二十八個字，卻用了多個景點的意象，而且全不用「秋」字，就能刻劃出秋日的淒清景象、遊子的悲傷情感，文字洗練，意象簡潔，含義雋永，極具感染力。因此元代周德清在《中原音韻‧小令定格》中推崇此曲為「秋思之祖」。

【文化知識】

元曲

元曲，是盛行於元代的戲曲藝術，為「散曲」和「雜劇」的合稱。

散曲，是配上歌詞的樂曲。與雜劇不同的是，散曲唱而不演，只作清唱，不能搬演。散曲主要有「小令」和「套數」兩種形式：小令原是民間小調，語言俚俗，後經文人填寫而變得典雅。至於「套數」，又稱「套曲」、「散套」，由若干個同一宮調（即音律風格及調子）的曲牌（與「詞牌」相似，為填寫散曲所依據的樂譜及定式，決定該曲的曲調、字數、句數、平仄及韻腳等），並按一定次序聯綴起來，編排聯貫而成，必須一韻到底，同樣只供清唱，不夾說白，唱而不演。

雜劇就是劇本，是由故事情節、曲詞（歌唱部分）、賓白（獨

白或對白）、科介（表演動作和舞台效果提示）等組成。雜劇劇本一般有四折，一套樂曲伴唱一折，所以「折」既是音樂單元，也是劇情大段落。四折之外，還可以有楔子。楔子常在劇本開頭，但也可以放在折與折之間，作為過場戲。劇本結尾一般有兩句或四句對子來總結內容，叫「題目」、「正名」。題目就是劇本的內容，正名就是劇本名稱，譬如關漢卿的雜劇《竇娥冤》，題目為「秉鑒持衡廉訪法」，正名則為「感天動地竇娥冤」。

【練習】

（參考答案見第 239 頁）

❶ 本曲語言極為洗練，以二十個字就道出十種秋天經典景物，請加以列出。

❷ 「小橋流水人家，古道西風瘦馬」分別帶出了作者的哪兩種情感？試簡單說明之。

　　A）小橋流水人家：＿＿＿＿＿＿＿＿＿＿＿＿＿＿＿＿＿＿＿＿

　　B）古道西風瘦馬：＿＿＿＿＿＿＿＿＿＿＿＿＿＿＿＿＿＿＿＿

❸ 全曲用了哪種抒情手法？

❹ 試找出本曲的五處韻腳。

❺ 承上題，本曲的韻腳

　　○ A. 為平聲韻。　　　　○ B. 屬仄聲韻。

　　○ C. 平仄不分。　　　　○ D. 不能確定。

山坡羊·潼關懷古

〔元〕張養浩

【引言】

　　潼關路上，宮闕再宏偉，最終也會化為塵土，這讓作者抒發出「興，百姓苦；亡，百姓苦」的慨歎。今天的香港表面繁榮穩定，背後卻問題多多，是否也讓你有「興，百姓苦；亡，百姓苦」的感慨？

山坡羊·潼關懷古①

〔元〕張養浩

　　峯巒如聚②，波濤如怒③，山河表裏潼關路④。望西都⑤，意躊躇⑥。傷心秦漢經行處⑦，宮闕萬間都做了土⑧。興，百姓苦；亡，百姓苦⑨！

【作者簡介】

　　張養浩（公元一二七零至一三二九年），字希孟，號雲莊，又稱齊東野人，濟南（今山東省濟南市）人，元代著名散曲作家。張養浩雖是漢人，卻在元朝歷任要職，包括縣尹、監察御史、禮部尚書、參議中書省事。元文宗天曆二年（公元一三二九年）關中大旱，張養浩復出，出任陝西行台中丞，治旱救災，卻最終勞瘁而死。兩年後，張養浩被追封為濱國公，諡號文忠，後人尊稱為張文忠公。

　　張養浩散曲多以描寫林泉山水為主，文辭清閒雅靜，豪放俊逸，但以直言敢諫為權貴所忌的他，也不乏關心時政、揭露黑暗、同情民眾的作品。

【注釋】

① 《山坡羊》：曲牌名，不論北曲（元散曲）中呂宮、南曲（明傳奇）商調，都有相同的詞牌名。潼關懷古：本曲的題目。潼關：古關名，建在華山山腰（今陝西省潼關縣），下臨黃河，非常險要。

② 聚：聚攏，形容山多。

③ 怒：形容波濤洶湧。

④ 山河表裏：外面是華山，裏面是黃河，形容潼關一帶地勢險要。

⑤ 西都：長安（今陝西省西安市），泛指秦漢以來在長安附近所建的都城。古稱長安為西都，洛陽（今河南省洛陽市）為東都。

⑥ 躊躇（粵 cau⁴ cyu⁴〔籌廚〕普 chóu chú）：猶豫，徘徊不定。

⑦ 傷心：令人傷心的往事。這句話的意思是：經過秦漢故地，不免懷古傷今。

⑧ 宮闕（粵 kyut³〔決〕普 què）：宮殿。做了土：化為塵土。

⑨ 興：國家興盛。亡：國家滅亡。

這首散曲是作者晚年最具代表性的作品。本曲通過抒發作者看到潼關古跡時的感慨，表達了「興，百姓苦；亡，百姓苦」的歷史觀點，傳達作者對百姓苦難的深切同情。

這首散曲主要分為三個層次：

第一層（峯巒如聚，波濤如怒，山河表裏潼關路）描寫潼關一帶景色，羣山環抱，波濤洶湧，突出潼關地勢險要和宏偉。「聚」用人類的動態來描寫靜態的山，寫出山之眾多；「怒」是將河水人格化，寫出水的洶湧。這裏用山、水的壯闊突出潼關的險要。

第二層（望西都，意躊躇。傷心秦漢經行處，宮闕萬間都做了土）寫作者看到古都長安而發出的感慨。長安曾經是周、秦、漢、隋、唐等朝代的都城，耗費了許多人力物力才造就了這裏曾經的壯麗和繁華，可是如今只留下一堆黃土。這不能不讓人躊躇，讓人沉思。

第三層（興，百姓苦；亡，百姓苦）發出了「百姓苦」的悲歎，表現出作者關心百姓的崇高人格。國家興盛時，大修宮殿，百姓固然苦；政權衰落時，烽煙四起，百姓生活更苦。這種對百姓的深切關懷和博大的胸襟令人動容，也反映出作者非凡的歷史認知。

本曲語言宏壯，氣勢磅礡，勾勒出壯闊豪邁的意境，同時體現出作者同情百姓的情懷和深刻的歷史眼光，是千古傳頌的佳作。

【文化知識】

《三事忠告》

張養浩雖為漢人，卻在元朝歷任要職，包括縣尹（地方官員）、監察御史（監察百官）、參議中書省事（宰相），而且其清廉正直的為官作風，不但為權貴所忌憚，就連皇帝也非常尊敬他。而他所著的《三事忠告》，就是講述該如何當官之事，所謂「三事」，包括《牧

民忠告》、《風憲忠告》和《廟堂忠告》。

《牧民忠告》主要是在講述如何當地方官之事，包括：接到任命書時該做之準備、處理百姓訴訟的注意事項、如何管理和對待下屬、如何教化百姓、如何處理案件與對待犯人、如何處理天災、如何與其他官吏應對、如何對待接任者、如何退休等。

《風憲忠告》主要講述如何當御史之事，包括：潔身自愛、以身作則、實地考察、清廉、用刑謹慎、薦舉、糾彈貪官污吏、遭到迫害時應有之氣節等。

至於《廟堂忠告》則在講述如何做好宰相，包括：修身養性、任用賢人、關心百姓疾苦、調和朝廷百官、勿怕他人抱怨、與部屬和長官共患難、處變不驚、上諫之法等。

【練習】
(參考答案見第 240 頁)

❶ 本曲首兩句運用了哪種修辭手法？試簡單說明之。

❷ 作者用了哪十二個字形容潼關路，有何用意？

❸「興，百姓苦；亡，百姓苦！」運用了哪兩種修辭手法？
　　○ A. 排比　　　○ B. 對比　　　○ C. 比喻
　　○ D. 反復　　　○ E. 擬人

❹ 根據本曲內容，百姓為何事而苦？

❺ 承上題，這跟當時的社會、時局有甚麼關係？

己亥雜詩（其五）

〔清〕龔自珍

【引言】

　　終有一天，我們要離開校園。不論離開時，你有多捨不得，始終還是要離開。可是，今天的離開不代表永遠的分別，我們可藉哪種方式回饋母校？

己亥雜詩（其五）[1]

〔清〕龔自珍

浩蕩離愁白日斜[2]，

吟鞭東指即天涯[3]。

落紅不是無情物[4]，

化作春泥更護花[5]。

【作者簡介】

龔（粵 gung¹〔供〕普 gōng）自珍（公元一七九二至一八四一年），字璱（粵 sat¹〔室〕普 sè）人，後更名易簡，字伯定，又更名鞏祚（粵 zou⁶〔做〕普 zuò），號定庵（粵 am¹〔諳〕普 ān），浙江仁和（今浙江省杭州市）人，近代啟蒙思想家、文學家。龔自珍出生於官宦之家，曾任內閣中書、宗人府主事和禮部主事等主要官職，他一生致力於改革內政，抵禦外國侵略，曾全力支持林則徐禁煙，四十八歲辭官南歸，次年卒於江蘇丹陽雲陽書院。

龔自珍的詩文主張「更法」、「改圖」，揭露統治者的腐朽，飽含憂國憂民之情，又不乏追求理想的激情和對人生的思考和探索，因此被近代文學批評家柳亞子譽為「三百年來第一流」。他主張寫詩要着眼於現實，不應僅僅描畫山水。其詩歌風格多樣，總體呈現出清新自然的特色。著有《定庵文集》，留存文章三百餘篇，詩詞近八百首，今人輯為《龔自珍全集》。著名詩作《己亥雜詩》組詩共三百一十五首七絕，多為詠懷和諷喻之作。

【注釋】

① 《己亥雜詩》：龔自珍創作的組詩，一共三百一十五首，本詩是第五首。己亥：清道光十九年（公元一八三九年）。這一年，龔自珍因厭惡官場，辭官從北京回鄉，後又北上接家人南下，再次往返兩地，在途中寫成了三百一十五首七絕，輯錄成集，名為《己亥雜詩》。

② 浩蕩：廣闊無邊的樣子。離愁：指詩人離開京城的愁懷。白日斜：黃昏時分。

③ 吟鞭：揮動馬鞭。東指：詩人的故鄉浙江在北京的東南方，因此將馬鞭向東揮動，準備回鄉。天涯：很遙遠的地方，這裏指詩人的家鄉。

④ 落紅：落花，暗指自己離開官場。

⑤ 花：暗指國家。

【解讀】

　　這首詩作於一八三九年，正值鴉片戰爭爆發前夕。此時的清王朝腐朽沒落、故步自封。龔自珍雖然主張改革、更法、改圖，卻得不到統治者的支持，眼見無法實現強國的理想，於是辭官回鄉。

　　詩歌開首寫自己伴着夕陽，滿懷離愁地辭別京城。這裏的離愁包含了複雜的情感，既有長年居住的不捨，也有未能改革的不甘，卻又不得不離開，可見詩人內心是惆悵而複雜的。然後寫詩人在馬上揮鞭東指，望向千里之外的家鄉。「天涯」字面上是形容自己的家鄉路途遙遠，另一方面也暗指這次離京，不知何時才能歸來，輔助國家，流露出對往昔人事的緬懷和眷戀。

　　「落紅不是無情物，化作春泥更護花」歷來為人稱道。詩人用「落紅」來比喻離開官場的自己，用「花」比喻國家——雖然不再做官，但並不會不問國事，反而回鄉後要以自己的方式為國家貢獻力量，體現出詩人強烈的愛國情懷。

【文化知識】

龔自珍與林則徐

　　林則徐與龔自珍之父龔麗正是老朋友，曾於道光二年（公元一八二二年）同路進京、同日引見和召對，又同日南下，相處融洽，林則徐曾作詩為記，稱讚龔麗正：「一門華萼總聯芳。」由於父親的關係，龔自珍自小就認識林則徐，並仰慕他為官清廉的作風。林則

徐赴廣東禁煙前，龔自珍曾贈文《送欽差大臣侯官林公序》，堅決要求剷除煙禍，並表示願意南下參與其事。

【練習】

（參考答案見第 240 頁）

❶ 詩中第一句「離愁」指的是甚麼？為甚麼會是「愁」？

❷「落紅不是無情物，化作春泥更護花。」下列不是這兩句所用的修辭手法？

○ A. 比喻　　　　○ B. 擬人　　　　○ C. 誇張

○ D. 借代　　　　○ E. 對偶

❸ 承上題，你認為作者回鄉後將以哪種方式貢獻國家？

❹ 分析《己亥雜詩（其五）》的格律，填寫下表。

格律		答案
全詩句數		A）
每句字數		B）
體裁名稱		C）
韻腳	第一句	D）
	第二句	E）
	第四句	F）

❺ 若有一天你離開母校，你的心情會怎樣？你打算怎樣回饋母校？

龚自珍塑像

滿江紅（小住京華）

〔清〕秋瑾

【引言】

　　百年前，巾幗不讓鬚眉的秋瑾，只一句「秋風秋雨愁煞人」，就從容就義，毫無怨言；百年後的今天，不少高官政要的妻子，甘願當上傳媒壓力下的擋箭牌，讓背後的男人安然度過難關……作為女漢子背後的那個「他」，是否應該感到慚愧？

滿江紅（小住京華）①

〔清〕秋瑾

　　小住京華②，早又是③、中秋佳節。為籬下④、黃花開遍⑤，秋容如拭⑥。四面歌殘終破楚⑦，八年風味徒思浙⑧。苦將

儂⑨、強派作娥眉⑩，殊未屑⑪！

　　身不得，男兒列⑫；心卻比，男兒烈⑬！算平生肝膽，因人常熱⑭。俗子胸襟誰識我⑮？英雄末路當磨折⑯。莽紅塵、何處覓知音⑰？青衫濕⑱！

【作者簡介】

　　秋瑾（粵 gan²〔緊〕普 jǐn）（公元一八七五至一九零七年），浙江省紹興府山陰縣（今浙江紹興）人，生於福建省廈門市，近代民主革命志士，並積極提倡女權。秋瑾姓秋，原名閨（粵 gwai¹〔歸〕普 guī）瑾，字璿（粵 syun⁴〔旋〕普 xuán）卿，號旦吾，一九零四年留學日本後改名瑾，字（或作別號）競雄，自稱「鑒湖女俠」，筆名鞦韆、漢俠女兒、白萍等。

【注釋】

① 《滿江紅》：詞牌名，又名《上江虹》、《傷春曲》等。唐人小說《冥音錄》載曲名《上江虹》，後更名《滿江紅》。此詞牌頗多變格（指詞牌內的字數、句數、平仄、押韻等，與「正格」的略有出入），清初《欽定詞譜》以柳永所填《滿江紅》（暮雨初收）為正格，秋瑾所填的這闋應屬正格。

② 小住京華：暫住在京城。小：暫時、稍微。京華：舊時對京城的美稱，這裏指北京。

③ 早又是：轉眼又是。早：已經，這裏可解作「轉眼」。

④ 為（粵 wai⁶〔惠〕普 wèi）：因為。

⑤ 黃花：菊花。

⑥ 秋容如拭（粵 sik¹〔色〕普 shì）：秋天天空像是被擦拭過（一樣乾淨明亮）。容：面貌，這裏指天空。

⑦ 四面歌殘終破楚：這裏化用了「四面楚歌」的典故。楚漢相爭時，項羽被劉邦圍困在垓（粵 goi¹〔該〕普 gāi）下（今安徽省宿州南），劉邦命軍士在項羽營地四面唱起楚歌（項羽和項羽軍隊多為楚人），以此瓦解項羽軍隊的鬥志。最終項羽被劉邦打敗，自刎於烏江（今安徽省馬鞍山市）。這裏指一九零零年（光緒二十六年）八國聯軍侵華，中國處在生死存亡的關頭。

⑧ 八年風味徒思浙（粵 zit³〔節〕普 zhè）：八年來空思念着家鄉浙江的風味。八年：作者在光緒二十二年（公元一八九六年）離開浙江故鄉，在湖南結婚，再隨夫往北京寓居，到填此詞時恰好八年。徒：空，白白地。連結下文來看，秋瑾對於自己離鄉背井的婚姻生活並不滿意。

⑨ 儂（粵 nung⁴〔農〕普 nóng）：我，這裏指作者自己。

⑩ 強：勉強。派：分派、分類。娥（粵 ngo⁴〔鵝〕普 é）眉：本指女子眉毛的美好，這裏代指女性。

⑪ 殊未屑：極度不放在心上。殊：極度。未：不。屑（粵 sit³〔泄〕普 xiè）：在意。

⑫ 身不得，男兒列：雖然自己不是男兒身。

⑬ 烈：剛正，有節操。這句是說作者自己的性情比男子更剛正。

⑭ 因人常熱：常因為別人而熱。熱：這裏指熱心。

⑮ 俗子胸襟（粵 kam¹〔傾心切〕普 jīn）誰識我：凡夫俗子哪裏知道我的理想抱負。

⑯ 末路：路途終點，指前途迷茫，身處困境。磨折：同「折磨」，磨難，挫折。

⑰ 莽（粵 mong⁵〔網〕普 mǎng）紅塵：茫茫紅塵中，即在這世界上。覓：尋找。

⑱ 青衫濕：眼淚打濕了衣衫，指失落傷心。此句源於白居易的《琵琶行》：「座中泣下誰最多？江州司馬青衫濕。」指白居易同情琵琶女的遭遇，成為琵琶女的知音。作者借此表達自己難以找到志同道合的革命志士的失落心情。

【解讀】

秋瑾十八歲時，就嫁給湖南人王廷鈞（粵 gwan¹〔軍〕普 jūn）。王廷鈞是暴發戶的浮蕩子弟。秋瑾跟隨丈夫到了北京，在寓京期間她接受了新思想、新文化，並在當時革命形勢影響下，立志要挽救國家民族的危亡，要求婦女獨立與解放。

這是秋瑾在一九零三年（光緒二十九年）中秋節的述懷之作，適值八國聯軍入侵後不久，她目睹民族危機的深重和清政府的腐敗，決心獻身救國事業，惜其丈夫無心國事。中秋節當天，秋瑾與王廷均發生衝突，離家出走，寓居城外。後來夫妻關係雖在好友的調解下得到緩和，但是秋瑾卻下定決心放棄安逸生活，衝破家庭的牢籠，為自己一直以來的理想奮鬥。不久，她東渡日本求學，回國後投身於抗擊列強、反抗滿清的革命救亡運動中。

這闋詞從自己暫住京華寫起：中秋將至，菊花開遍，天明如洗。作者開始懷念自婚後就遠離的家鄉，繼而想到這八年來的生活，雖然富貴安逸，卻遠離自己的理想。「強派作娥眉，殊未屑」更流露出對婚姻的不滿，以及對救國的熱情。

下闋的情感更加明朗，更加激烈，作者一方面表達自己雖然是女兒身，卻有着比男子更加剛毅勇敢的性情，展現出自己報效國家的堅定志向；但是另一方面，作者也意識到，世上與自己有共同理想和奮鬥目標的知音太少，想到這裏，不禁失落悲傷⋯⋯

全詞筆力剛健雄壯，展示出令人敬佩的女性形象。作者通過表達思鄉的愁苦，對革命的執着，以及在革命道路中知音難覓的苦悶，反映出投身革命事業初期複雜矛盾的心情。

【文化知識】

秋風秋雨愁煞人

公元一九零七年春，身為紹興大通學堂主持人的秋瑾開始籌集資金，準備於七月起義，以呼應徐錫麟的安徽安慶起義。可惜徐錫麟事敗被殺，其弟徐偉的供詞牽連秋瑾，浙江巡撫得知後大為震怒，急電紹興府知府貴福，派山陰縣令李鍾嶽查封大通學堂。

李鍾嶽帶兵到大通學校查抄。李鍾嶽深恐軍隊亂開槍，特地乘轎在前，士兵只得朝天鳴槍。士兵不久破校門而入，師生四散。李鍾嶽怕傷及秋瑾，喝令士兵不得射擊女子。此時，秋瑾正穿着長袍立在屋脊上，聽李鍾嶽喊話便脫下長袍。軍士見是女子，不再射擊，秋瑾得免於難。不久，貴福責令李鍾嶽派人到秋瑾母親家查抄。李鍾嶽故意草草了事，裝作一無所獲。接着，李鍾嶽將秋瑾提到衙內審問，秋瑾口供僅寫「秋風秋雨愁煞人」一詩句，李鍾嶽向貴福如實報告。貴福懷疑李鍾嶽偏袒，於是向巡撫作假報告，說秋瑾對造反之罪直認不諱。在得到巡撫同意「將秋瑾先行正法」的回覆後，貴福即令李鍾嶽行刑。李鍾嶽說：「供、證兩無，安能殺人？」然而秋瑾最終於七月十五日凌晨三四時左右，在紹興古軒亭口，被五花大綁着處斬，享年三十一歲。

時論認為對女流之輩的秋瑾處以斬刑過於殘酷，即使是當時憎恨革命黨人的守舊派，亦不認同官府的處理手法。官方於事後曾通緝數十人，亦迫於輿論壓力未再追究。

【練習】

（參考答案見第 241 頁）

❶ 上闋「強派作娥眉」中「強」的字義是甚麼？這反映出秋瑾的甚麼心態？

❷ 試語譯「身不得，男兒列；心卻比，男兒烈」。

❸ 承上題，這句運用了哪一種修辭手法？

❹ 「俗子胸襟誰識我」一句，表達了作者怎樣的感受？

❺ 綜合本詞內容，秋瑾是一位怎樣的女性？

参 考 答 案

❶ A) b B) a C) a

❷ A) 荇菜 B) 淑女

❸ 這裏運用了「起興」手法，通過含意隱微的事物來寄託情意，可以深化所抒發的情感。

❹ 第二部分運用了「重章」手法，以近似的句式，反覆唱詠主人翁對意中人的思念，能表達出主人翁的真摯情感。

蒹葭

❶ A) 蒼蒼、萋萋、采采；B) 草木繁盛的樣子

❷ 可以使音節更鏗鏘，語音更悅耳，節奏明快，韻律協調，加強表達效果。

❸ D

❹ 我較支持後者的說法。古代詩文往往會帶出濃厚的政治氣息，以作諷喻君王、教化臣民之用。兩首詩歌表面上是說追求意中人之艱難，實際上卻是說明求賢更難，從而勸說國君對賢才要加以重用和珍惜。(言之成理即可)

十五從軍征

❶ A) 對比；B) 對偶

❷ 首句中的「十五」和「八十」是約數。作者這樣寫的目的，是要

突顯主人翁年少時被徵入伍，到老年才得回鄉，一生人都要離鄉別井的感慨和無奈。

❸ 詩歌藉鄉里和老兵的對話，想帶出當老兵將一生青春都奉獻在戰場上，保家衛國，到終可回家時，卻發現自己的家人均已在戰爭中死去，只剩下自己孤身一人。可見戰爭帶給百姓的傷害和老兵的悲涼。

❹ 這屬側面描寫。雖然詩歌沒有直接指出戰爭的禍害，但藉着老兵的所見所感，可以讓讀者深切感受到戰爭帶來的傷痛，令詩歌更具感染力。

❺ 我認為這做法沒有效果。因為香港跟台灣、南韓、以色列不同，並非處於戰爭狀態，無需實行兵役制度，而且兵役制度也不一定保證國民能變得更堅強獨立。（言之成理即可）

戰城南

❶ A) 名；B) 動

❷ A) 反問；B) 對偶／對比；C) 頂真

❸ 因為詩人認為戰士是以性命來換取忠臣之名的，即使注定要被遺忘、被啄食，但也應該死得有尊嚴，所以詩人請求烏鴉向他們痛哭悲鳴。

❹ D

❺ 我認為《十五從軍征》的感染力較強，因為主人翁雖然沒有葬身戰場，但回家後卻發現家人已經全部死掉，墓塚累累，一切已經物是人非，連做好的飯也只能一個人食用，其衝擊比起戰死沙場的更甚。（言之成理即可）

陌上桑

❶ C

❷ 因為身世、工作和衣着，都是客觀的事實，詩人如實寫出即可，可是直接描寫容貌之美，略嫌主觀，因此如果通過行者、少年、耕者、鋤者看見羅敷後的反應，就能更客觀地描述羅敷的美貌。

❸ A) 對偶；B) 設問；C) 排比／層遞

❹ A) 堅貞，因為即使面對權貴的誘惑，秦羅敷依然堅守自己的貞節，甚至開口直接表明「使君一何愚！使君自有婦，羅敷自有夫」，以使君死心。

B) 機智，因為羅敷估計使君可能還不死心，於是誇耀丈夫的官位之高上、樣貌之俊美、才能之出眾，讓使君知難而退。

（言之成理即可）

❺ A、B、C

觀滄海

❶ C

❷ 「秋風蕭瑟，洪波湧起」意味着詩人雖然順利北伐烏桓，卻同時擔心要消滅中原羣雄，統一天下，當中依然會波折重重，像滄海一樣存着暗湧。

❸ B

❹ 「幸甚至哉，歌以詠志」是指曹操因為征服烏桓成功而感到極為高興，因此寫了這兩句詩來詠歎自己的情懷。

飲酒（其五）

❶ 你問我怎樣能夠住在俗世、卻不受車馬喧鬧困擾？其實只要內心淡泊名利、疏遠俗務，那麼心境就自然能夠遠離煩囂，處於寧靜的環境了。

❷ D

❸ 相與還的「還」，指的是羣鳥歸山，即是暗指詩人辭官退隱，回歸自然。

❹ C

❺ 現代人居於大城市是無可避免的事，即使居於郊野，也不能斷絕與其他人的來往，面對人慾橫流的社會，只要我們堅拒受引誘，忠於自己的理想和原則，這樣就能在煩囂社會和淡泊名利之間找出平衡。（言之成理即可）

木蘭辭

❶ A）啾啾；B）唧唧；C）霍霍；D）濺濺

❷ A）織、息、憶；B）兵、名、兄；C）韉、鞭、邊；D）頭、啾；E）飛、歸；F）堂、郎、鄉、將、妝、羊、牀、裳、黃、惶；G）離、雌

❸ B、D

❹ A）頂真；B）排比；C）反復；D）誇張；E）對偶；F）反問

❺ A）孝順：木蘭見父親老邁，不想他打仗，因此決定代父從軍。
B）不貪功：木蘭立下大功，天子問她想要甚麼賞賜，她只希望儘快回鄉，並無他求。
（言之成理即可）

在獄詠蟬

❶ A) 八／8句；B) 五／5字；C) 五言律詩／五律；
  D) 西路蟬聲唱，南冠客思侵；E) 不堪玄鬢影，來對白頭吟；
  F) 露重飛難進，風多響易沉；G) 無對仗；
  H) 無韻腳；I) 侵；J) 吟；K) 沉；L) 心。

❷ A) 楚國人鍾儀戴着故鄉南國的帽子被囚晉國。駱賓王故鄉在浙
    江，是南方人，因事被囚長安，所以藉此典故說明自己客囚
    異鄉。
  B) 鮑照、張正見和虞世南均有創作樂府詩《白頭吟》，皆自傷
    正直卻遭誣謗。詩人藉此說明自己正直清高，只是被奸人誣
    捏，無辜下獄。

❸ C、E

❹ 蓮花。因為蓮花象徵高潔、正直，無奈被迫生長於污泥之中，這
  猶如詩人為人高潔，可惜由於被奸人誣捏而身陷囹圄。(言之成
  理即可)

送杜少府之任蜀州

❶ A) 長安／京師／詩人送別朋友的地方；
  B) 四川／蜀州／朋友將要前往的地方

❷ A) 名、動、數、名；B) 名、動、數、名

❸「宦遊人」所指的是外出做官，或者仕途不順的人。因為詩人和
  杜少府都四出為官或多次被貶，身份和遭遇都一樣，在離別之際
  更能帶出同病相憐、依依不捨之情。

❹ A、B、D、E、H

❺ 因為詩人在與朋友言別之際，並沒有一味渲染離愁別緒，反而勸勉朋友只要心中互有對方，就不用怕分隔千里，更不要像年輕男女一樣，為了分別而哭哭啼啼，可見詩歌充滿了正能量。(言之成理即可)

登幽州台歌

❶ 燕昭王建幽州台以招納賢士，顯示他十分重視人才，可是詩人反顧自己，仕途不順，屢受排擠，因此他借登幽州台，來抒發自己未能遇到賢君的感慨。

❷ B

❸ 顯示出詩人在無邊無際的宇宙天地間、無始無終的歷史洪流中，感到自己的渺小短暫而孤立無援。

❹ 者；下

❺ 不會。因為現今資訊發達，要搜羅人才非常容易，只要我們真的有才華，而又能從低做起，不怕吃苦，必定會得到別人的重用，更不會被社會遺棄。(言之成理即可)

次北固山下

❶ 青山、綠水

❷ A) 名；B) 形容；C) 量；D) 名；E) 動

❸ A) 因為語句剪裁得當，對仗工整，用詞準確。

　B) 因為使用旭日和初春這些積極向上的物象，來描寫春景，春回大地，到處生機勃勃。

❹ 我還會用紙筆來寫信給朋友，因為雖然寫得辛苦、又容易出錯，但畢竟下了工夫和心思，把文字寫好，可以讓收信人感受到書信中的那份真誠。（言之成理即可）

使至塞上

❶ 首聯「單車欲問邊，屬國過居延」說明了詩人這次出使並不風光。「單車」說明了這次並非聲勢浩大的出使，只是輕車簡從而已，「屬國過居延」也說明了王維這次出使所去的地方很遙遠，看似是代表朝廷察訪軍情，實際上只是被皇帝藉機擠出朝廷而已。

❷ D

❸ A) 直；塞外的荒涼乾涸；B) 圓；温暖卻又蒼茫的感覺。

❹ A) 八句；B) 五字；C) 五言律詩／五律；
D) 無對仗；E) 征蓬出漢塞，歸雁入胡天；
F) 大漠孤煙直，長河落日圓；G) 無對仗；
H) 邊；I) 延；J) 天；K) 圓；L) 然

行路難（其一）

❶「欲渡黃河冰塞川」和「將登太行雪滿山」表面上說詩人想渡河和登山，遭受到重重障礙，未能如願，實際上卻暗示作者在政壇路上的挫折和不順。

❷ B；C；F

❸ 伊尹、姜太公和宗愨都得到國君重用，協助治理天下、保家衛國，然而詩人卻只能夠當上翰林供奉，充當皇帝的御用文人，後來更被權臣排擠出朝廷。

④ 我較喜歡「將登太行雪暗天」，雖然「將登太行雪滿山」說明了作者的前路充滿了阻礙，可是「暗天」更直接說明了路上有人隻手遮天，那就是排擠詩人的權臣。(言之成理即可)

⑤ A) 千；錢；然；川；山；邊
　　B) 在；海

聞王昌齡左遷龍標遙有此寄

① A) 柳絮；在春天時被風一吹，四處飄零，比喻漂泊不定
　　B) 杜鵑鳥；常常啼叫着「不如歸去」，象徵離情和思念

② B

③「我寄愁心與明月」說明了詩人當知道好友被貶後，感到非常憂愁，於是馬上寫詩，並將愁思和象徵團圓的明月，寄給王昌齡。而「隨風直到夜郎西」則說明雖然李白不能陪伴王昌齡到夜郎，可是卻希望自己的不捨和不滿，通過東風，吹往夜郎西，送給王昌齡，讓他感到詩人就在身邊一樣。

④ 啼；溪；西

黃鶴樓

① C

② 在陽光照耀下的平地上，可以清楚看到漢陽的樹木；在鸚鵡洲上，也可以看到茂盛的青草。

③ 對偶；疊詞

❹ 所指的是詩人的鄉愁。詩人在尾聯中，自問自答地提出自己的故鄉在哪裏，而日暮和煙波都是會讓人看不見前景的景物，令詩人感到前路茫茫，滿肚鄉愁。

❺ 樓；悠；洲；愁

望嶽（其一）

❶ 首聯運用了設問：「岱宗夫如何？」先向讀者提問，讓他們猜想泰山的外形、特點，以引起好奇心，然後才提供「齊魯青未了」這個答案，從而加深讀者的印象。

❷ 動；名；動；名

❸ A）詩人身在高山上，近距離觀賞山頂的雲霧和歸鳥。
　B）詩人同樣在山上，卻是從山頂俯瞰高峯下其他矮小的山。

❹ 了；曉；鳥；小

❺ 這是一首五言古詩。這首詩共有八句，頷聯和頸聯都運用了對仗，可是韻腳「了」、「曉」、「鳥」和「小」都是上聲字（或仄聲字），而非平聲字。由於絕句和律詩只能押平聲韻，因此這首只是五言古詩，而非五言律詩。（言之成理即可）

春望

❶ A）動、存在；B）動、春天來了；C）動、經得起

❷ A）國破山河在，城春草木深；B）感時花濺淚，恨別鳥驚心；
　C）烽火連三月，家書抵萬金；D）無對仗；E）無韻腳；
　F）深；G）心；H）金；I）簪。

❸ 我認同這個說法，因為詩人流淚和驚心，都只是個人的主觀感覺，如果從側面描寫鮮艷的花朵也因時局而失色，流下眼淚，羣鳥看見百姓流離失所，也感到驚心，就更能刻劃親身經歷戰火離亂的詩人的心情。（言之成理即可）

❹ A）對比；B）借代；C）誇張

❺ B；C

茅屋為秋風所破歌

❶ A）（杜甫居住的）草堂；（庇護天下寒士的）廣廈
B）怎能；安穩

❷ A）下者飄轉沉塘坳；B）屋頂的茅草被秋風捲起，吹到樹林頂或平地上；C）南村羣童欺我老無力；D）歸來倚仗自歎息；E）欺負杜甫，把屋頂的茅草抱走，杜甫唯有回家休息；F）俄頃風定雲墨色；G）長夜沾濕何由徹；H）草堂屋漏兼逢連夜雨的情景；I）家人不能安睡的苦況；J）安得廣廈千萬間；K）出現可以庇護天下寒士的廣廈，穩如泰山，讓人人都展現歡顏。

❸ A）擬人；B）對偶；C）比喻、誇張；D）反問

❹ 詩歌最後一部分，杜甫將自己的經歷推己及人，不但不希望他人遭遇自己的苦況，反而希望天下寒士都可以入住廣廈，甚至寧願茅屋破爛、自己凍死，也希望這廣廈能真的出現，可以反映出杜甫「先天下之憂而憂，後天下之樂而樂」的心態，胸懷天下，具備儒家聖人的特質。（言之成理即可）

❺ 我希望政府能多興建公共房屋，不要只顧批出土地給大財團，興建豪宅或酒店，讓不論是草根階層或小康之家的市民，都可以擁有容身之所，安居樂業。（言之成理即可）

白雪歌送武判官歸京

❶ A）誇張；B）誇張、對偶；C）頂真

❷ 邊塞的風雪很大，生活艱苦，可是詩人卻以春花比喻冬雪，以溫暖比喻嚴寒，可見詩人心裏對於艱苦的邊塞生活還是有寄望和熱情的。

❸ B；C；D；F

❹ A）視覺；千樹萬樹梨花開（或其他合理答案）
   B）觸覺；都護鐵衣冷難着（或其他合理答案）
   C）聽覺；胡琴琵琶與羌笛

❺ 「雪上空留馬行處」是指武判官離開後，雪上只餘下馬匹的蹄印，可是武判官的身影已經離開，詩人也許一方面因武判官的離開而感到惆悵，但另一方面因自己的履新而充滿希望。（言之成理即可）

酬樂天揚州初逢席上見贈

❶ A）巴山楚水淒涼地；B）到鄉翻似爛柯人；
   C）被貶多年，返回京師後人事全非的惆悵；D）消極。
   E）沉舟側畔千帆過；F）暫憑杯酒長精神；
   G）朝廷人才輩出感到安慰，並表明不會一蹶不振；H）積極。
   （言之成理即可）

❷ B

❸ 我認為詩歌的基本精神還算是積極的。雖然詩歌前半部分抒發了詩人被貶二十三年後，重返京師，發現人事全非的感慨，可是後半部分卻以「千帆過」和「萬木春」說明世事依然不停進步的道理，添上了幾分積極向上的氛圍。

❹ 我會跟朋友吃飯，說說最近的生活，談談開心與不開心的事，如果朋友遭逢不開心的事情，我會盡力安慰他。(言之成理即可)

賣炭翁

❶ C

❷ A) 外貌描寫；工作辛苦、勞累，臉部、頭髮和手指都被燻黑了。
   B) 心理描寫；雖然衣着單薄，可是依然希望天氣寒冷，令炭可以賣個好價錢。
   C) 行為描寫；拉着重重的牛車，可是炭又賣不去，唯有坐在市南門外休息。

❸ A) 設問；B) 借代；C) 對比

❹ 貴重的炭沒有了，紅紗又買不到生活所需，賣炭翁一臉無奈，但又可以如何？現在連牛車也沒有了，可以怎樣運炭？他只好把跟他相伴多年的黃牛變賣，才可以用僅有的金錢買一輛新的車子，由自己來拉車，繼續伐薪燒炭了。(言之成理即可)

錢塘湖春行

❶ 西；低；泥；蹄；堤

❷ 平聲韻

❸ 幾處早鶯爭暖樹；誰家新燕啄春泥；亂花漸欲迷人眼；淺草才能沒馬蹄

❹ 因為所描寫的景物都反映出勃勃生機，例如鶯爭暖、燕啄泥、花迷眼、草沒蹄，可見詩人陶醉於當時的風景，而心情也是愉快和輕鬆的。

❺ 不是，「白沙堤」位於裏湖和外湖之間，早在白居易到杭州任職前，就已經是非常著名的西湖景點；至於白居易所修築的堤壩，卻在錢塘門外，後人稱為「白公堤」，不過已經無復存在了。

雁門太守行

❶ A) 烏、雲層 / 敵軍的氣勢；B) 金、士兵的盔甲；
C) 燕脂、戰場上的血跡；D) 紫、戰場上的血跡；E) 紅、軍旗

❷ 號角聲；戰鼓聲

❸ A) 摧、開、平；B) 裏、紫、水、起、意、死、反

❹ 五言古詩

❺ 詩中最後兩句所用的典故，是燕昭王築黃金台以招納賢士，賢士手執刀劍，報效君王。這表達了詩人願意保衛國家，以答謝君王的禮遇，表現臣下的忠誠。

赤壁

❶ 詩人所觸之「物」是一把埋在赤壁古戰場的黃沙中的戟，詩人因此而起「興」，認為吳軍在赤壁之戰中的勝利，只是東風的偶然出現，而非周瑜的才智謀略，表達了與別不同的歷史觀。

❷ B；D

❸ 銷；朝；喬

❹ 我較支持「時勢造英雄」的說法。所謂「英雄造時勢」，只是後人在某件事發生後所作出的分析，然後把事情總結在某位英雄身上，但實際上並非每件事都可以如願的掌握在手裏，所謂「天

時、地利、人和」，即使周瑜選擇了正確的交戰地點（地利），即使周瑜有百般才智（人和），但如果東風（天時）不出現，則始終無法打敗曹操。（言之成理即可）

泊秦淮

❶「秦淮河」既是六朝古都南京的繁華之地，也是自古以來達官貴人享樂宴游的場所，而「秦淮」也逐漸象徵糜爛、腐敗的生活。

❷ D

❸「商女」象徵着沉醉在一片歌舞昇平中，而不知道亡國之音將至的當權者。

❹ 歌女不懂得前朝的亡國之恨，在國勢日衰之時，還在秦淮河對岸唱着象徵亡國之音的《玉樹後庭花》。

❺ 詩人藉着秦淮河畔一片紙醉金迷、眾人皆醉的景象，抒發對當權者將國家興亡置之不理的感慨。

夜雨寄北

❶ B

❷「漲」字不但說明夜雨之大，令秋池水面上漲，同時更說明了詩人對身處遠方的妻子的思念與日俱增。

❸ 類疊 / 類句 / 反復 / 間隔反復

❹ 我會想起以前一起踢球的隊友，我們在雨中比賽，雖然落敗，卻贏得了友誼，因此每逢夜雨我都想起他們。（言之成理即可）

無題（相見時難別亦難）

❶ A）八 / 8 句；B）七 / 7 字：C）七言律詩 / 七律；
   D）無對仗；E）春蠶到死絲方盡，蠟炬成灰淚始乾；
   F）曉鏡但愁雲鬢改，夜吟應覺月光寒；G）無對仗
   H）難；I）殘；J）乾；K）寒；L）看

❷ A）這句用了諧音，以春蠶的「絲」比喻為「思」，說明除非像春
     蠶一樣死了，否則「思」是無窮無盡的。
   B）這句用了雙關，以蠟炬成灰，才不會繼續流下蠟油，比喻除
     非人到死後成灰，否則相思的眼淚是不會流乾的。

❸ C

❹ 我會用綿綿細雨。因為狂風暴雨雖大，可是時間短暫，過後又是
   晴天，比較難表達漫長的相思之苦，相反，綿綿細雨欲斷難斷，
   令人苦惱，猶如與情人相隔異地，彼此若即若離、互相牽掛卻不
   能見面的感覺。（言之成理即可）

相見歡（無言獨上西樓）

❶ 暗示作者已經亡國，被俘虜在小樓，非常孤獨，無以為伴。

❷ 所寫的是作者自己，暗示自己被軟禁在小樓中，非常寂寞、空虛。

❸ 國破家亡之愁

❹ A）明喻 / 暗喻；B）擬人；C）對偶

❺ A）樓、鈎、秋；B）愁、頭

破陣子（四十年來家國）

❶ 時間；空間

❷ 「幾曾識干戈」指的是李後主不曾知道戰爭為何物，可以反映出李後主在南唐滅亡前過着太平盛世和養尊處優的生活，不知道北宋的如箭在弦，南唐形勢岌岌可危。

❸ 李後主出降北宋後，成為了俘虜，心情憂傷、體型消瘦，與亡國前形成了強烈的反差。

❹ A) 兩 / 2、雙調；B) 十 / 10；C) 六十二 / 62、中調；
D) 河、蘿、戈、磨、歌、娥

❺ 我認為這是無可奈何的選擇。他已經成為北宋俘虜，如果還對祖廟慟哭、向百姓謝罪，則會被宋太祖認為他依戀故國，不肯歸降，罪莫大焉，因此只好選擇聽奏曲、別宮娥。（言之成理即可）

漁家傲・秋思

❶ 首句中的「異」，表面上是寫西北邊塞與中原地區完全不同的風景，包括北雁南飛、邊聲不斷、千山延綿、孤城落日。

❷ 這個「異」字實際上反映了作者離家萬里，遠赴邊疆，所看到的景色與中原的迥異，心中有寂寞的感覺，希望可以早日回家。

❸ 「孤城閉」意指固守孤城，「歸無計」意指歸家無期。由於當時戰況不利，士兵固守城池，苦無支援，唯有滯留塞外，回家無期。

❹ 遠在萬里之外的士兵；留在故鄉的妻子親人

❺ A) 異、意、起、裏、閉；B) 里、計、地、寐、淚；C) 仄

浣溪沙（一曲新詞酒一杯）

❶ 這句表達出作者對於時光不可逆轉、美好事物短暫、一旦消失就不能挽回的傷感。

❷ 面對花兒的凋謝，不能挽回，雖然感到無可奈何，沒有辦法，但是好像曾經見過的那隻燕子，現在卻又回來了。

❸ 因為前句寫作者看到花落而大為傷感，可是後句卻是說美好的事物總是會相繼出現的，為前句傷感的基調帶來欣慰。

❹ A) 兩 / 2、雙調；B) 六 / 6；C) 四十二 / 42、小令；D) 杯、台、回、來、徊

❺ 我認為這並非無病呻吟之作，因為作者不是純粹抒發物是人非、時光飛逝的感慨，他以「似曾相識燕歸來」一句，說明美好事物總是相繼出現，表達出對世事依然存有希望。（言之成理即可）

登飛來峯

❶ 作者。因為飛來峯本已經高聳入雲，山上的應天塔又幾可摩天，而作者又身處在塔頂，因此作者所處位置是最高的。

❷ B；D

❸ A) 誇張；突出詩人所在位置的「高」
   B) 比喻；融情入景，含蓄講出自己的抱負

❹ 我曾經在晚間乘車登上飛鵝山，既能遠眺維港對岸，也能俯瞰山下景色，忽然感到人類在天地之間非常渺小，人類應該與天地共存，而不是不斷破壞大自然。（言之成理即可）

江城子・密州出獵

❶ A)《三國志》記載了東吳孫權親手擊殺老虎的故事；蘇東坡以孫權比喻自己，表達自己也想有孫權擊殺老虎一樣的豪氣，以擊退入侵中土的西北外族。

   B)京官馮唐替邊將魏尚辯護，赦免魏尚虛報殺敵數目的罪名；蘇東坡以魏尚自比，希望能有像馮唐一樣的京官，替自己辯護，把自己帶離密州，重新返回京城，當上京官。

❷「天狼」原是星宿的名稱，代表侵略和戰爭，作者以此比喻侵犯北宋國土的遼國和西夏，希望自己憑藉勇氣和熱誠，替皇帝擊退侵犯中原的外敵。

❸ A)兩／2、雙調；B)十六／16；C)七十／70、中調；
   D)狂、黃、蒼、岡、郎、張、霜、妨、唐、狼

❹《江城子・密州出獵》上闋主要寫蘇軾出行打獵時的聲勢浩大，也表現出自己的豪情壯志；下闋雖然流露自己年紀老邁，希望有人可以幫自己走出政治低谷，可是最後卻以豪放的筆鋒，寫自己希望可以報效國家、擊退外敵，使詞風再次振作起來。詞作的情感收放自如，像跟讀者訴說自己平生的不得志，但又不失自勉之詞，魅力斐然。(言之成理即可)

水調歌頭（並序）

❶ 朝廷：密州／作者被貶之地

❷ 作者想乘風回去月宮，但又怕月宮裏面的殿閣，位處太高，過於寒冷。這其實表達出作者的矛盾心態，他很想不用再被貶在外，想回到朝廷，可是又怕朝廷的政治險惡，自己承受不了。

❸ 作者最後選擇留在人間 —— 即留在被貶的地方。這並非作者的真正選擇，可是作者明知自己返回不了朝廷，因此只好説自己寧願留在美好的人間。

❹ 作者認為人生中的分離和聚合，就好比月亮時而缺、時而圓一樣，不會永遠分離，更不會永遠聚合，那是自古以來的定理，無需過分執着。（言之成理即可）

❺ A）反問；B）排比；C）擬人；D）對偶

漁家傲・記夢

❶ 首兩句描繪了破曉時分，天上雲海與晨霧相連不絕，銀河裏的繁星閃耀着最後的光芒，構成一幅浩瀚無邊、氣勢宏大的天河圖。

❷「千帆舞」指繁星像一艘艘正在揚帆、準備出海的船隻。這裏運用了擬物手法，將繁星的滾動當做船隻的航行來描寫，極為生動。

❸ A）抒發了作者懷念故鄉；
B）抒發了作者對自身和國家前途迷茫的感歎。

❹ 作者已經對現實生活感到失望，否則就不需要通過夢境、與天帝的對話、希望能找到仙山等這些超脱現實的事物，來抒發自己的情感和願望，因為現實世界中根本沒有人會聆聽自己的心底話。
（言之成理即可）

❺ A）霧、舞、所、語、處；B）暮、句、舉、住、去；C）仄

遊山西村

❶ 詩歌首聯「莫笑農家臘酒渾，豐年留客足雞豚」，是說雖然農家所釀的酒並非上好，但依然以豐富的菜餚留住客人，可見農村人對待客人非常熱情，會以最好的食物招待賓客。

❷ 詩歌頷聯「山重水複疑無路，柳暗花明又一村」，表面上是寫詩人以為山徑已經是窮途末路，然而無意中發現了一個新村落；實際上是寫作者當時因極力主張抗金而再次被罷官，看似前途暗淡，難有翻身之日，卻在失意中得到農家的殷勤接待，令自己重拾希望。

❸ 我認同這句話的含義。因為雖然人生充滿了無奈，可是辦法總比困難多，在我們感到山重水複、窮途末路時，其實美好的前景已經就在我們附近，在於我們是否願意前進一步，發掘它們。（言之成理即可）

❹ A) 八 / 8 句；B) 七 / 7 字；C) 七言律詩 / 七律；
D) 無對仗；E) 山重水複疑無路，柳暗花明又一村；
F) 簫鼓追隨春社近，衣冠簡樸古風存；G) 無對仗；
H) 渾；I) 豚；J) 村；K) 存；L) 門

破陣子・為陳同甫賦壯語以寄之

❶ 作者北伐主張被忽視，於是借酒消愁，可是醉了又睡不着，唯有夜起挑燈，看着與自己一樣英雄無用武之地的寶劍，藉此緬懷自己驍勇非凡的過去。

❷ A) 作者昔日在沙場殺敵，與同袍共食、在塞上奏瑟，何其驍勇豪情，然而現在已經老了，即使想「了卻君王天下事」，卻已經年紀老邁，空有理想了。

B) 作者想像自己騎着的盧、拉着神弓，上戰場、殺外敵，可是現實是，自己壯志未酬，更閒居在外，未能「了卻君王天下事，贏得生前身後名」。

❸ A) 八百里分麾下炙；與同袍一起出生入死，分肉共食。

　　B) 馬作的盧飛快；自己騎着飛快的的盧，追趕敵人。

❹ 陳同甫與好友辛棄疾一樣，主張北伐，但又被貶官，鬱鬱不得志，加上二人早前在鵝湖談及收復中原的理想，可惜兩人已經老了，壯志未酬，二人同病相憐，因此辛棄疾把這闋詞寄給陳同甫。（言之成理即可）

南鄉子·登京口北固亭有懷

❶ 「何處望神州」意指「神州在何處」。作者藉此揭示北望神州，大地已不復統一，暗指中原已落入外族手中。

❷ 以長江作結，有承先啟後的過渡作用。作者在上闋說千古以來興亡事非常多，然而只有長江依然默默地奔流不息，接着以長江帶出下闋內容，歌頌同樣以長江為戰鬥基地的孫權，因此長江有着承先啟後的作用。

❸ A；D

❹ 作者認為孫權年紀輕輕就已經懷有對抗曹、劉大軍的勇氣和決心，一心面對北方的敵人；相反，南宋卻沒有這樣的明君，只是一味偏安求和，缺乏了孫權當年稱霸江東、對抗曹劉聯軍的雄心壯志。

過零丁洋

❶ 詩人以飄絮比喻「山河」，以浮萍比喻「身世」。因為國家被外族入侵，國土飽受戰火的蹂躪，猶如飄絮一樣破碎，詩人只好領軍抗敵，輾轉戰鬥，漂泊不定，就像無根的浮萍一樣，被雨點拍打，隨水漂流。

❷ 頸聯還用了雙關。詩人以諧音的方式，說自己在江西惶恐灘頭兵敗，妻兒被俘，因此感到「惶恐」萬分；又說自己在廣東零丁洋被俘，孤立無援，因而感到「零丁」。

❸ B

❹ 詩人以局部借代整體，以器官中紅熱的丹心，借代自己對國家的赤膽忠誠；以史官的書寫工具竹簡，來借代歷代的史書。

❺ 所謂「忠」，由「中」和「心」組成，就是說對人也好，對事也好，心要不偏不倚，正直不二，也就是「誠」。對人不忠不誠，會失去別人對自己的信任，對國家不忠不誠，會很容易成為敵人的傀儡，因此「忠」在現代社會依然適用。（言之成理即可）

天淨沙·秋思

❶ 枯藤、老樹、昏鴉、小橋、流水、人家、古道、西風、瘦馬、夕陽

❷ A）作者看見古道上的小橋、流水、人家，就想起了故鄉也有這些景物，勾起了思鄉的愁緒。

B）作者眼見親切的人家，非常眷戀，可是他要繼續趕路，不能停留，因而抒發了自己一生漂泊流離、居無定所的感歎。

❸ 借景抒情。作者借蒼涼的秋景，間接抒發遊子飄泊天涯的寂寞與遠離家鄉之愁懷。

④ 鴉；家；馬；下；涯

⑤ C

山坡羊‧潼關懷古

① 擬人。「聚」用人類的動態來描寫靜態的山，寫出山之眾多；「怒」是將河水人格化，寫出水的洶湧。

② 作者用「峰巒如聚，波濤如怒，山河表裏」來形容潼關路，藉着山河的形勢突顯潼關的險要。

③ B；D

④ 作者認為潼關一帶的宮殿，都用上了大量的人力物力。在國家興盛的時期，百姓疲於奔命，累累受苦，但當國家衰亡，戰火四起，受苦的依然是百姓，甚至可能比之前更苦。

⑤ 宋亡元興，國家易主、朝代更替，並沒有為平民百姓帶來幸福，國家強盛，就會推行高壓政策，國家衰落，就會羣雄蠢起，受害的始終還是平民百姓。（言之成理即可）

己亥雜詩（其五）

① 「離愁」是指詩人離開京師的愁懷。這離愁裏面既有長年居住的不捨，也有未能改革的不甘，卻又不得不離開，更怕自己即使回去後，依然得不到皇帝的重用。

② C；E

③ 宣揚禁煙（鴉片煙）的訊息，並且由始至終，以詩文吟詠和諷喻，抵抗外敵的侵入。

❹ A) 四／4句；B) 七／7字；C) 七言絕詩／七絕；
　　D) 斜；E) 涯；F) 花

❺ 我會非常捨不得離開母校，可是現實還是要面對的，因此我會選擇開開心心地離開，而且決心要在大學勤勉讀書，在社會努力工作，不會忘記母校的教誨，那就是對母校最好的回饋了。(言之成理即可)

滿江紅（小住京華）

❶ 「強」在這裏解作強迫，秋瑾自言被強迫安排為人婦，不能投身革命事業，感到極度不屑。

❷ 雖然我並非男兒身，可是我心卻比男兒的更剛正！

❸ 對比

❹ 作者熱心救國救民，可是身邊的凡夫俗子都不理解這抱負，因此作者感到孤獨、悲傷。

❺ 秋瑾不但心繫家國，投身革命事業，拯救百姓於苦海中；她更希望女子可以與男性平權，不當男性的附屬品。(言之成理即可)